ラブソングに飽きたら

加藤千恵　椰月美智子
山内マリコ　あさのあつこ　LiLy
青山七恵　吉川トリコ　川上未映子

ラブソングに飽きたら

contents

約束のまだ途中

加藤千恵

CHIE KATO

歌人。立教大学文学部日本文学科卒業。短歌集『ハッピーアイスクリーム』で高校生歌人としてデビュー後、小説、詩、エッセイなど様々な分野で活躍。近刊に『その桃は、桃の味しかしない』『あとは泣くだけ』『こぼれ落ちて季節は』『いろごと』など。

長年の憧れだったハワイへの道のりは、行くと決めてしまえば、さほど大変なものではなかった。羽田《はねだ》からホノルルへの約七時間半のフライトは、短いとは言えないけれど、うまく睡眠時間に置き換えられれば問題ない。そのために深夜発というのもあるのだろう。

どこかで拍子抜けしてしまったのも事実だった。もちろん、わざわざ苦労したいなんて言わないけれど、憧れつづけていた十数年分の思いが、お金を支払っているとはいえ、あっさりと引き換えられてしまったことに、戸惑う気持ちもあった。

一方で、それだけが戸惑いの原因ではない。ハワイでの結婚式を聞かされたときから、見えない黒いトゲは、自分の中で育ちつづけている。

隣で機内プログラム誌をめくっていた友だちは、ハワイのガイドブックを広げていたわたしに話しかけてきた。

「ねえねえ、朝戸《あさと》みなみのアルバム聴けるみたいだよ。懐かしいね。弥生《やよい》も南《みなみ》もすごく好きだったよねー。アルバム持ってなかった？　それによくカラオケで歌ってたし」

「ほんとだ」

わたしは今知ったかのように、少しだけ驚きをこめた声で言う。友だちはその反応に違和感を示すことなく、また別の話題を、今度は逆隣にいる別の友だちに振る。ねえ、どの映画観《み》たの？　おもしろかった？　でも時間足りないかな？

飛行機内のそれぞれの座席には、収納テーブルの上に、モニターが埋め込んで設置されている。映画、テレビ番組、ゲーム、マップ、ショッピングカタログ、音楽。さまざまなものが楽しめるようになっている。

機内プログラム誌は、乗り込んだ直後に確認していた。映画をチェックするつもりでいたのに、音楽のページで手が止まった。収録アルバムの中に、朝戸みなみの『morning』があると知ったから。ジャケットである、光がたっぷりと差し込んでいる出窓に置かれた、一輪挿しの写真は、さほど大きなものではないけれど、懐かしさを呼び起こすには充分だった。なんなら写真なんてなくったって、即座に思い浮かべることができる。花のオレンジ色や、カーテンのクリーム色まで含めて。ふわりと裾を広げるカーテンの皺《しわ》にいたるまで。

離陸してすぐに、リモコンを操作して、音楽のページを開いた。確かに『morning』は収録されていた。

聴こうか迷って、カーソルを操作して、けれど画面を切り替えた。バラエティ番組を観て、ルールのよくわからないトランプゲームを二つほどやってみて、それからまた音楽のページを確認して、でも結局は聴かなかった。

軽く眠り、朝食も終えた今、着陸まではまだもう少し時間がある。眠気は残っているが、二度寝できるほどではないし、音楽はちょうどいいセレクトにも思える。ただ。

好きだったよね、とさっき友だちは確認してきたけれど、正しくは、今だって現在進行形で好きだ。

人生で一番聴いたCDはどれかとどこかで質問されたなら、わたしは迷わずに『morning』をあげる。

でもそんなことを、隣の友だちに話したりはしない。このアルバムにまつわるたくさんの思い出やきっかけも。もったいぶっているわけでも、話すことですり減る気がするわけでもない。ただ、話し下手なわたしが、うまく伝えられる気はしないし、友だちにとっておもしろい話だとも思えないから。

「変な姿勢で寝てたかも。腰痛い気がする」

そう言いながら、友だちは、座ったままで背中を軽くそらしている。合わせるようにわたしも、こり固まっている首を回してみた。

南という自分の名前が、ずっと嫌いだった。

南という苗字《みょうじ》の男子が同じクラスにいたことで、数人の男子によくからかわれていた。

「お前ら結婚したら、みなみみなみだなー。変なのー」

「変なのー。みなみみなみー」

今になって思えば、悪口というほどでもないし、軽くかわしておけばいい程度のものだったのだけれど、そのときはイヤでイヤで仕方なかった。

だから小学五年のクラス替えで、南くんと別のクラスになったときは、彼自身の問題ではないし、彼もまた被害者だと知りつつも、ちょっと助かった気持ちでいた。

一方で、クラスが替わったからといって、わたしがいきなり明るく人気者に変われるわけでもない現実もあった。

両親いわく、わたしは幼い頃からおとなしい性格だったらしい。あんまりしゃべらないし、ケガをしても泣かずに黙っていたりするから、問題を抱えているのではないかと母が悩んでしまうほど。

口数が多くないのは、大人になった今もだけれど、別に問題や悩みがあってのことではない。単にボンヤリしているのだ。咄嗟《とっさ》に言葉が出てこない。喜怒哀楽があって、当てはまる言葉を探っているうちに、感情や周囲の話題はもう遠ざかってしまっている。気づくといつも、わたしの口からは相づちばかりが出ている。

十歳にもなれば、自分の性質くらいはわかるようになっている。やっとクラスが替わっても、また今までに似た退屈な毎日が始まっていくのだと、あきらめながら受け入れようとしていた。

そんなわたしの日常を変える風を吹かせてくれたのが、窓を開けてくれたのが、弥生だった。

それまでは違うクラスだった弥生が、自分とはまるで異なる存在だというのは、クラス替えの初日にはもうわかった。見た瞬間に。隣の席の子に、名前なんていうの？　とハキハキと話しかけて、少ししたらもう明るく笑っていた。編み込みにしていた髪型も含めて、強く印象に残っている。

顔も自分とはまるで違った。弥生は、目が大きく、唇が厚く、主張のある顔立ちをしていた。南国の少女のようだった。目も鼻も口も小さく、薄い印象しか与えないわたしとは、まるで正反対だった。

委員会を決める、最初のホームルームでも、弥生はいちいち大きくリアクションしていた。授業中のささいな冗談には思いきり笑い、掃除をさぼる男子がいればいち早く注意する。クラスの中で、すぐに記憶されるタイプだった。

彼女に対して、憧れも嫌悪も持たなかった。ただわたしと関係のないものとして、彼女は存在していた。

だからある日の放課後、弥生がまっすぐこちらにやってきたときには、何かの間違いのように思われた。

「ちょっと話あるんだけどいい？」

そんなふうに言われたことで、いやな予感がした。いじめ。悪口。いやがらせ。そういった類《たぐい》の想像しかできなかった。いざとなったら、自分は大きな声を出したりできるだろうか、とシミュレーションまでしてしまった。できる気はしなかった。

時々人が通る廊下で、何を言われるのだろうかと緊張で固まっていると、弥生は言った。彼女の大きな目は、いつもよりも大きくなっているように見えた。

「南ちゃんって名前、可愛《かわい》いよね。うらやましい。ね、朝戸みなみって知ってる？」

あまりにも唐突だったので、シンプルな質問だったにもかかわらず、答えるまでに、だいぶ時間がかかったと思う。わたしの言葉を待つ弥生の表情は、期待がこもったものに見えた。

「モデルの？」

ようやく返した言葉に、弥生は大きく頷いた。思いきりという表現が似合うほど。それから勢いよく話し出した。

「そうそう、モデルの。朝戸みなみ。超可愛くない？　すっごく好きなんだー。細いしオシャレだし。南ちゃん、同じ名前だから、好きだったりするかなあって思って」

あとになって思えば、飛躍のある論理だった。別に名前が一緒だからといって、意識するというものでもない。とりたてて珍しい名前でもないのだし。

でも当時は、チャンスみたいに思えた。

弥生が差し出してくれたバトンを、落とさずに受け取って走り出したかった。自分に渡されるなんて予想していなかったから余計に。

単純に、名前を可愛いと言ってもらえたことも嬉《うれ》しかった。バカにされることばかりで、ほめてもらった記憶なんてほとんどなかった。可愛いという一言で、汚れてしまっていた自分の名前を拾い出し、磨いてもらったような気がした。

「うん、いいよねー」

わたしは嘘《うそ》をつき、話を合わせた。好きでも嫌いでもない朝戸みなみのことを、さも好きなのだというふうに。

「だよねー。よく雑誌買ってもらってるんだ。ね、最近出たCD買った？『morning』ってやつ」

わたしは少し悩んだ。再び嘘をついて合わせるべきか、正直に言うべきか。でも、どの曲が好きか訊かれてしまうかもしれない。バトンが落ちないことを願いつつ、答えた。

「ううん、持ってない」

「え、じゃあ、貸してあげようか？　すっごくいいよ」

正直に答えてよかった、と思った。安心感からか、うん、という返事が、大きな声になったのが自分でもわかった。多分わたしはあのとき、満面の笑みを浮かべていただろう。

「わー、ハワイだー」

ドアマンが開けてくれたドアを通り、外の暖かな風を感じたとき、友だちの一人が伸びやかな声をあげる。わたしも息を吸った。着ていたカーディガンを脱ぎ、バッグに入れる。Tシャツだけで問題なく過ごせそうだ。

旅行会社で、空港からホテルまでは送迎のあるプランを選んでいた。チェックインを済ませ、部屋に荷物を置いた今、ハワイの時刻は午後三時だ。

「じゃ、おやつ食べに行こうか」

ガイドブックから切り取ったらしいマップを広げ、友だちが言う。後について歩き出した。

「ねえ、日の入り見られるかな。せっかく海も近いし」

「何時くらいなんだろうね。なんか、まだまだ日が高いよね」

「日焼け止め、もっと強いのにするべきだったかな」

「わたしの、SPF50だよ」

「まじで？ わたしの25くらいだったはず。今日日焼けしてたら借りるかも」

「いいよー。高いけどね。免税店で何か買ってもらうよ」

二人の話す声は、いつもより楽しそうに響く。聞いているだけのわたしも、それだけで笑ってしまいそうだ。

ハワイにいるんだな。

強い日差しを受けながら、実感が徐々に広がっていく。テレビや雑誌でしか知らなかったハワイの風景の中に、自分が存在しているなんて、不思議な気持ちだ。東京もまだ暑さは残っているけれど、常夏というだけあって、気温は比じゃない。サンダルでゆっくりと歩いていても、汗が滲《にじ》んでくる。

ただ、すれ違う人たちは、思ったよりも日本人が多い。日本語を話していたり、日本語のガイドブックを持っているから、他のアジア人ではなく日本人だろうとわかる。このあたりはホテルも多いし、地元の人はあまりいないのだろうか。

弥生は昨日ハワイに到着しているはずだ。バッタリ会うようなことがあるかもしれない。そう思いながら歩いていたけれど、そんな偶然は起きなかった。

「着いたー。ここだ」

おやつとして、チーズケーキを食べようというのは、空港からの道のりで相談していたことだ。有名なカフェだし、どのガイドブックでも紹介されていたから大きい店だろうという予想を、さらに上回る入口の立派さと、中の広さに、改めて外国を感じる。

ラッキーなことに、待つことなく案内してもらった席で、メニューを見る。そこにもまた、予想を上回るものがあった。なんて種類が多いんだろう。大げさでなく、二十種類くらいはある。

「どうしよう、チーズケーキだけで、こんなにあるよ」

「ほんとだね」

「一日悩む自信ある」

「同じく」

「わたしも決められない」

ストロベリー、パンプキン、ココナッツ、チョコレート、ホワイトチョコレート、ピーナッツバター……。同じチョコレートのものであっても、微妙に組み合わせが違っていたりもする。添えられている写真も、どれもおいしそうなので、決め手にはならず、かえって迷いを強くさせる。

「弥生がいたら、ぱっぱっと決めそうだよね。じゃあこれがいいね、とか言って人の分まで」

友だちが口にした言葉に、わたしは咄嗟に、ほんとだよね、と同意した。同じことを思っていたからだ。わたしはこれにする、と言い切る弥生の姿を思い浮かべることもできる。この二人とは、高校一年生のときに知り合って、以来四人で仲良くしているけれど、何かを決めたり進めたりしてくれるのは、たいてい弥生だった。

「弥生来ないかなー。電話してみようか」

友だちがさらに言い、わたしたちはかすかに笑った。さすがに本気で呼び出す気はなかった。

考えてみれば、三人で会うのなんて、初めてのことかもしれない。いつも四人だった。あるいは、二人の組み合わせ。

「でもまあ、いなくても、いるみたいなもんだね。実際、弥生のために来てるんだから」

友だちの言葉に、わたしはまた、ほんとだよね、と言った。でも前半には同意していなかった。弥生はここにいない。

弥生だったら、どれを頼むだろうかと考えてみる。

友だちと目が合ったらしい店員さんが軽く手をあげ、笑顔でこちらに近づいてくる。慌てて、再びメニューに視線を落とした。弥生がいない今、自分で決めなきゃいけないのだ。

弥生から借りた全九曲のそのアルバムを、お姉ちゃんに頼んでＭＤに録音してもらい、歌詞カードはカラーコピーして、毎日何度も聴いた。苗字が「朝」戸、だから、『morning』、なのだというのはすぐに気づいた。

　感想を、飽きもせずに語り合った。歌声の透明感。歌詞カードの中の朝戸みなみの美しさ。本人が作詞したという四曲目のバラードの単語。

　CDを聴き、意見を交換するうちに、わたしはすっかり、朝戸みなみが好きになっていた。ずっと前からファンのような気さえしてきた。テレビに出ると聞けば絶対に見逃さないようにしたし、出ている雑誌は買って切り抜いたり、立ち読みしたりした。

　そしてそれに比例するみたいに、わたしと弥生の交流も、どんどん深まっていった。

　弥生にはそれまで仲のいい子が何人もいたし、わたしにも少ないながら友だちはいたのだけれど、弥生と話すのが一番楽しく感じられたし、多分弥生もそう思ってくれたのだろう。休み時間も放課後も、わたしたちは一緒に行動するようになった。朝戸みなみのことだけでなく、友だちのことや先生のことや家族のこと、誰にも言っていなかった気になる男子のことまで、打ち明けるような仲になっていった。

　ある日弥生は、『morning』の歌詞カードの写真は、ハワイで撮影されたものなのだということを教えてくれた。言われて、朝戸みなみが帽子をかぶり、ワンピース姿で立っている海岸を思い出す。

「そうなの？」

訊ねたわたしに、頷き返した弥生の表情は、とても真剣なものだった。国家機密を教えてくれているかのようだった。

「インタビューで言ってたよ。みなみちゃん、海外行ったのは初めてだったって」

「ハワイかあ」

わたしたちはそのとき、区立図書館の隣にある、公園のベンチに座っていた。そこはわたしたちのお気に入りの場所で、放課後はたいてい自転車で、どちらかの家か、ここまで来て遊んでいた。学校にはない、珍しい遊具がいろいろあったけれど、それらに乗るのは少しだけで、あとは暗くなるまで、ベンチで話し込んでいるのがほとんどだった。話すことはいくらでもあった。いつも時間だけが足りなかった。しゃべっているのは主に弥生で、わたしは相づちを打つのに熱心だった。互いにそれで満ち足りていた。

わたしは海外に行ったことがなかったし、予定もなかった。弥生も同じだった。海。椰子《やし》の木。高い太陽。頭の中に知っているかぎりのハワイに関する情報を集めて、光景を描いてみる。

たった今公園にいる人たちの中で、ハワイに行ったことがある人はどれくらいいるのだろう、なんて思った。幼児を連れたお母さん。向かいのベンチで話し込んでいる二人のおばあさん。早歩きで公園を突っ切っていくサラリーマン。

「何時間くらいかかるんだろうね、飛行機」

珍しい沈黙のあとで弥生はつぶやいた。黙っているあいだに相手が、自分と同じようにハワイについて考えていたことは、お互い確かめるまでもなくわかっていた。

「半日くらいかなあ」

根拠のないわたしの言葉を、半日かあ、とため息混じりで弥生が繰り返す。

またしばらく黙っていた。沈黙を破ったのは、やっぱり弥生のほうだった。

「大人になったら、一緒に行きたいね」

「行きたい！」

わたしはいつになく、早口で大声になった。なんて素晴らしい思いつきなのだろう、と尊敬した。

以来、わたしたちの会話の中には、しょっちゅうハワイが登場するようになった。洋服を買うとかバッグを買うとか、フルーツを食べるとか、スキューバダイビングをしてみるとか、思いつくことをどんどん挙げ合った。

小学校の卒業文集で、クラス全員、それぞれ自分の夢を寄せ書きする必要があった。わたしたちは迷わずに、隣同士で、そのとき抱いていた一番大きな夢を書いた。

【南と一緒にハワイに行く　弥生】

【弥生と一緒にハワイに行く　南】

歯や頭が痛くなってしまいそうなほど、甘いチーズケーキは、日本のものよりもずっと大きくて、添えられているクリームもかなりのボリュームがある。

わたしが頼んだココナッツチーズケーキも、友だちが頼んだフレッシュストロベリーチーズケーキも、レモンとラズベリーのチーズケーキも、当然味は異なるけれど、甘さや量は同じような感じだった。一口食べるごとに、甘いね、と笑い合い、一緒に頼んでいた飲み物で流し込むようにしていく。

「あー、もう無理かも。お腹《なか》いっぱいになってきた」

まだ半分ほど残っているケーキのお皿を前にして、友だちが言う。状況は三人とも同じだった。食べきれるだろうか。

「にしても、弥生が一番最初に結婚するとはねー。もっとバリバリ働くのかと思ってた」

「思った思った。子どもができるまでは仕事辞めないとは言ってたけど、結婚願望自体、薄いのかと思ってたよ」

「だよねー。彼も三つ上だから、まだ二十八歳でしょ？　結構早いよね」

どうやら二人は、結婚の理由については、聞いていないようだった。きっと秘密なのだろう。もちろんわたしからここで話すつもりはなかった。

彼のおばあさんが、がんを宣告されて、入院中なのだ。おばあさんが生きているうちに、結婚の報告をしてあげたい、というのが大きな理由らしかった。なんとなく、弥生らしいと思った。みんなにはそう話さないところも含めて。

「そういえば、南、スピーチはできてるの？」

突然の質問に、チーズケーキを飲み込んでから答えた。

「うーん、一応。短いものだけど」

結婚パーティーといっても四十人くらいだから、一言で大丈夫だよ、と弥生には言われていた。とはいえ本当に一言でいいとは思っていない。用意しているスピーチは、便箋三枚ほどの長さになった。長さも内容も、これでいいのか不安ではある。

「緊張するよねー」

わたしはゆっくりと頷く。パーティーでのスピーチなんて、生まれて初めてだ。さらに質問される。

「ねえ、明日の夜って、何食べに行くか決まってるの？」

「ううん。ホテルのロビーに六時半に迎えに行くねっていうメールで終わってる。さっきホテルでチェックしたときには、メール、来てなかったし」

「そうなんだー。訊かなかったの？」

「思いつかなかった」

「南ってほんとそういうところあるよね」

　そう言って友だちは笑った。わたしは、かなあ、と答え、ちょっとだけ笑う。そういうところとは、どこを指してのことだろうと思いつつ。

　明日の夜、スピーチの簡単な打ち合わせがしたいから、と弥生に食事に誘われているのだ。そこで問題ないかを確認するつもりだ。てっきり彼も一緒なのかと思っていたけれど、数日前の電話で、二人きりだとわかった。人見知りのわたしにとっては、二人きりのほうがありがたいけれど、結婚式前夜に、新婦が友だちとごはんを食べていていいのかということは気になる。弥生は、大丈夫だよー、と明るく言っていたけれど。

「彼とは何度か会ってるんだよね？　どんな人？　明日ロビーで見られるかな」

「会ってるけど、明日は来ないみたい」

「え？　弥生と南、二人だけでごはんなの？　打ち合わせなんでしょう？」

「そうだよ。新郎新婦、一緒じゃなくていいものなの？　あとお互いのご両親とか」

　友だちにしても、引っかかるポイントは同じらしい。

「やっぱりそうだよね。弥生は大丈夫って言ってたんだけど」

答えながらも、不安になってきてしまう。

「うん、普通はねー。でも、まあ、弥生が言ってたなら大丈夫なのかな」

「弥生ってば自由だからね」

わたしの不安に反し、二人の友だちはあっさりと結論をつけ、納得したようだった。疑問は残るけれど、あまり深く考えないようにする。

「南と弥生って、小学校のときからでしょう？　長いよね。ケンカとかしたことないの？」

「それ、わたしも気になってた！　二人が言い争ったりしてるの、見たことないもん。そもそも南って、誰かと言い争うことある？」

お茶で流し込んでも、口中に強く残っている甘さを感じながら、わたしは向けられた質問に答えていく。

「すぐに怒れないんだよね。あとで一人になってから、そういえばあのときイヤだったなあとか、こう言えばよかったなあ、って気づいて、頭に来たりするんだけど」

そういう感じありそう、わかる、と友だちが揃って頷く。

「でも弥生とは、ケンカじゃないけど、離れてた時期はあるよ。うまくいかなかったっていうか」

「そうなの？　いつ頃？」

「五年くらい前かな。わたしが短大通ってたとき」

「えー、全然知らなかったー」

「わたしも知らなかった」

「離れてたっていうか、単になかなか会えなかったというか、すれ違いっぽくなってた感じだけどね」

わたしは話を切り替えようとした。ここで二人に対して、うまく話すのは難しいと気づいた。いまだに自分の中でも、うまく消化できていないのだ。


中学校に進んで、クラスが離れても、弥生とわたしの仲の良さは変わらなかった。むしろ強まっていった。

休み時間はちょうど中間地点である三組のロッカー近くで、放課後は二人で相談して入った美術部の部室で、休みの日はどちらかの家や外出先で、ひたすら話していた。お互いのことで、知らない部分はほとんどなかった。

同じクラスの中で、話す子がいなかったわけじゃないけれど、弥生と話すのは特別だった。会うと落ち着いたし、なかなか会えないときは不安になった。弥生だけが同じ星の人間のように感じられていた。

わたしたちは相談して、同じ高校を受験した。ただ、学力には差があったから、弥生にとっては志望校を一ランク下げ、わたしにとっては一ランク上げる形になった。受験勉強は大変だったけれど、弥生と一緒に高校生活を送るということを、唯一の、そして絶対のモチベーションにしていた。結果、わたしたちは無事に合格することができた。

合格発表のときもだけれど、貼《は》り出されたクラス替えの模造紙を見たとき、わたしたちは声をあげ、抱き合って喜んだ。同じクラスだったからだ。一年生のときに、他の二人と仲良くなって、四人で行動するようになったけれど、もっとも近い存在であることに変わりはなかった。親に頼んで買ってもらった携帯電話も、ほぼ弥生とのメールのやり取りのためだけにあるようなものだった。

一方で、高校生にもなると、それまでのように何もかも一緒にするというのが難しいことだとわかってきた。部活。遊ぶためのバイト。選択科目。もともとの性質の差異は、選んでいく道の差異にもつながった。

決定的ともいえたのが、高校三年生、別々のクラスになって、弥生が彼氏を作ったことだ。同じクラスの芝原《しばはら》くん。

それまでも恋愛相談めいたことは話題にあがっていたし、わたしにも好きな男子はいたけれど、弥生に彼氏ができたことに、自分でも驚くほどショックを受けた。表面上は祝福しながらも、内心おもしろくないと思っている自分の汚さも苦しかった。

弥生の中での特別な席に座っているつもりでいたのだ。そこを奪われた気分だった。

さらに受験の問題もあった。大学受験は、高校受験ほど単純ではなかった。選択肢も比べものにならないほど多かったし、どちらかが合わせるということは無理だと知っていた。

わたしは短大の現代社会学部に、弥生は四年制大学の経済学部に進学した。

わたしが通いはじめた短大は、とても小規模だった。高校よりもずっと生徒数が少なく、四年制に比べると、必須の授業コマ数が多かった。

地方から来ている子たちが多かったこともあり、短大の隣には寮があった。

わたしの家から短大までは電車だと、乗り換えを二度する必要があり、片道一時間半以上かかった。直線距離ならもう少し早かったが、あいにくちょうどいいバスはなく、運転免許も車も持っていなかった。

寮に住みたいと思うようになったのは、入学から半年ほどたった頃だ。その頃には、寮に住んでいる何人かの子と仲良くなっていたし、行動をよくともにしていた。

必要はないと反対した両親に対して、珍しくわたしは引きさがらなかった。生活費のためにバイトもするし、家賃も就職してから少しずつ返すと言った。お姉ちゃんが、早いうちに家を出ないとタイミング逃しちゃうんだよね、と言ったのも決め手となって、わたしの寮生活はスタートした。

なにもかもが新鮮で、日々はこれまでにない目まぐるしさだった。失恋したばかりだった友だちに付き合い、ほぼ眠れないまま夜を明かし、フラフラの状態で授業やバイトに行くことも少なくなかった。学校、バイト、寮に住む友だちとの約束、バイト先で知り合った彼氏とのデート。手帳のスケジュール欄はどんどん埋まっていった。

毎週のように会っていた弥生と、一ヶ月ぶりくらいに会ったときのことだった。いつもと同じく、二人でごはんを食べ、楽しく話していたのだけれど、些細な意見の食い違いが生じた。

付き合いも長かったし、初めての出来事ではなかった。ただそれまでだったら、反射のように謝っていたわたしが、そのときはそうしなかった。弥生の断定的な物言いが、ひどくきついものに感じられた。譲れなかった。

しばらく不毛なやり取りをしてから、苛立《いらだ》ちを隠しきれない様子で、弥生は言った。

「変わっちゃったね」

変わっちゃった？　わたしは訊き返したかった。そんなつもりはなかった。第一、もしも変化を選んだというのなら、最初にそうしたのは、間違いなく自分ではないと思った。弥生のほうだ。

気まずい雰囲気でそのまま別れ、しばらく連絡を取らなかった。数日に一度は送っていたメールも途切れ、いまだかつてない距離が生まれた。

その後、高校のクラス会があって再会したのをきっかけに、またどちらからともなく連絡するようになり、前のように時々予定を合わせて会った。

離れていたのは、たかだか数ヶ月のことだ。再び会うようになったわたしたちはあの時期のことを、いまだに話題にあげていないけれど、それは忘れたのではなく、むしろ逆で、記憶に残っているからじゃないかと思う。少なくともわたしはそうだ。

ホテルのロビーで、三人で話し込んでいるとき、弥生は現れた。派手な色合いの花柄のワンピースに、黒の七分袖のカーディガンを合わせていた。先に気づいたのはわたしのほうで、手を上げると、笑顔で近づいてきた。

「ありがとうねー、ほんと、来てくれて」

三人の顔を確認するように弥生は言った。そのときわたしは、弥生はハワイが似合うな、と思った。

これからロブスターを食べに行ってみるという二人と手を振って別れ、弥生とわたしはタクシーに乗り込んだ。弥生が運転手に、レストラン名らしい言葉を伝えた。

移動時間は十分ほどだった。着いた建物の三階に、弥生が予約を入れておいてくれたレストランはあった。店員に深い礼で迎えられる。高級そう、という印象を抱いた。混雑していて、日本人はほとんどいないようだった。他のテーブルは、わたしたちより年齢が高そうな、夫婦らしき西洋人が多い。

グラスを持ち上げるだけの乾杯をして、わたしがスピーチについて相談しようとすると、弥生は意外な言葉を発した。

「自由に話してくれて大丈夫だよ。ほんとに小ぢんまりしたアットホームなパーティーだし。もうそれだけ」

「えっ。今日って打ち合わせするんじゃなかったの？」

「打ち合わせという名の食事会。ここ、創作料理のお店なんだけど、オーナーのお母さんが日本人で、日本の調味料が使われてたりもするんだって。賞を取ったりもしてるって知って、来てみたいなと思ってたの」

「そうなんだ。でもそれなら余計に、二人きりで大丈夫だったの？」

「うん。昨日、家族での食事会は済ませたし、今日は彼のほうも、こっちに住んでる友だちと会うってことだったし。独身最後の夜は南と過ごしたいなって決めてたの」

あっさりと告白され、お礼を言うのもおかしいかなとためらっているところに、前菜がやってきた。見ただけでは何なのかわからない。

運んできてくれたウェイターの説明によると、フォアグラにフルーツソースがかけられたものだった。フルーツはパイナップルなどで、いずれもハワイで採れたものが使われているという。一口食べて、おいしい、とつぶやいた。甘みと酸味が広がる。

弥生もまた、おいしい、とつぶやくように言ってから、白ワインを飲んだ。そしてわたしを見ると言った。

「謝りたかったんだ、ずっと」

「謝る？」

「五年前のこと」

ああ、とわたしは言った。どのことを指しているのかは、すぐにわかった。

「わたしこそ、忙しくてあたっちゃったんだと思う。って、何がきっかけだったのかも憶《おぼ》えてないんだけど、実は」

「ううん。多分、きっかけは関係ないんだ。わたし、あのとき嫉妬してたんだと思う。南が自分から離れて新しい世界を作っていっていたことに。当たり前のことなのに」

嫉妬？　想像もしていなかった単語に、わたしは何を言っていいかわからなくなってしまう。ただ、気持ち自体はものすごく理解できたし、共感できた。

「どこかで南のこと、自分のものみたいに思ってたのかもしれない。南、おとなしいし、わたしが支えたり面倒見たりしてるつもりになってたっていうか。でも本当はそうじゃなくて、むしろわたしのほうが助けられてきたんだなって気づいた」

「そんなことないよ」

わたしは言った。今なら話せる気がして、軽い感じで付け足す。

「わたしも嫉妬してたもん」

「そうなの?」

「そうだよ。芝原くんと付き合い始めたときとか」

「芝原くん! また懐かしい名前を」

弥生が笑い、わたしも合わせて笑った。こんなにも簡単に打ち明けられたことに驚きつつ。

二皿目の前菜が運ばれてくる。海老や蟹《かに》といったシーフードに、緑のソースが合わせてある。上にかつおぶしが乗っているのがおもしろく感じられた。ソースの説明はうまく英語が聞き取れなかったので、ウェイターが離れてから、相づちを打ちながら聞いていた弥生に訊ねた。

「ねえ、これ、何のソース?」

「わたしもわかんなかった」

「だって相づち打ってたじゃん」

「雰囲気だよ、雰囲気。会話はいつもそうだよ」

悪びれることなく言うので、思わず笑ってしまう。弥生といれば、怖いものなんてないと思っていた昔を思い出した。口に運んでみた料理は、思いのほか優しい、癖のない味だ。

また弥生が切り出した。

「ねえ、十五年経《た》ったね」

「出会ってから？」

「うん。それもだけど」

「他には？」

「十五年前に、約束したことがあったんだよ、わたしたち」

もしかして、と思った。わたしは期待をこめながら言った。

「ハワイ」

「憶えてたんだ」

弥生は目を開き、驚きの表情を浮かべているけれど、むしろこっちが言いたいことだった。

「そっちこそ忘れてるのかと思った」

「どうして？」

「だって、結婚式の話のときも」

ハワイで結婚式を挙げると聞かされたときに、まっさきに約束を思い出した。てっきり弥生の中にも約束は残っているものと思っていたのに、彼女の口からその話題が出ることはなかった。

正直に言って、忘れられたのだという寂《さび》しさやショックで、大切な友だちの結婚を、完全に喜びきれていなかった。まさか、弥生が憶えていてくれたなんて。

「あの約束があったから、結婚式の話になったときに、絶対にハワイがいいって言ったんだよ。彼や彼の両親としては、おばあちゃんのこともあるから、近いところでって思ってたみたいなんだけど、わたしがどうしてもってお願いしたの。最終的には、まあ一生に一度のことだし、結婚式は花嫁が主役だからってことで、みんな賛成してくれたけど」

「そうだったんだ」

わたしはそれだけを言った。自分の思い込みを反省した。胸にあった重たい塊が、どんどん溶け出して流れていく。

「わたしたち、同じこと思ってたんだね。てっきり南のほうこそ、約束の話をしてくれるかなあって期待してたけど、全然出てこなかったから、これは忘れちゃってるなあってガッカリしてた。なんだー、バカみたいだね、二人して」

笑い合っているわたしたちのところに、三皿目となる前菜が運ばれてくる。揚げ出し豆腐と蟹を合わせたものだという。口に入れたとき、かつおだしの香りが広がる。

思い出したように、弥生が言った。

「あ、でもね、ガッカリなんだけど、朝戸みなみが来てたの、ここじゃないらしいよ」

「え？　ハワイじゃないの？」

「ハワイなんだけど、撮影してたのは、ハワイ島なんだって。ネットで調べちゃったよ。せっかくだから、ロケ地一つくらいは一緒に行けるかなー、と思ってたのに」

「残念だね」

それから弥生は、ネットで知ったという、朝戸みなみの近況について教えてくれた。アルバムを出した数年後、結婚してモデルを辞めた朝戸みなみは、今は子ども服のブランドをやっているらしい。育児関連イベントに出席したという最近の写真も何枚か見つけたけれど、変わらずに綺麗《きれい》だということだった。

わたしは、行きの機内で、朝戸みなみのアルバムが入っていたことを思い出して伝えた。違う飛行機会社で往復する弥生は、こちらが驚くほどくやしがった。

「久しぶりに聴きたかったなー。ねえ、でも、まだ約束は途中ってことだよね。ハワイ島に行けてないから。いつかハワイ島に行こうよ。そのときは二人で」

「いいよ。でもいつかっていつ？」

「大人になったらってわけにもいかないよね。もう立派な大人なんだから。こんなところでワインまで飲んでるし」

掲げたようにしたワイングラスを見つめ、ふふふ、と弥生は笑う。明るさを抑えた照明の中で見るせいか、その表情はいつもよりも穏やかなものに見えた。確かに、公園で約束したときからは、たくさんの時間を重ねた。でも充分に、あの頃の面影を残してもいる。

わたしはふと、思いついたことを口にしてみた。とても名案みたいに思えたから。

「じゃあ、わたしが結婚するときは、ハワイ島で結婚式挙げようかな」

「お、言ったね？　日本からだと直行便ないけど大丈夫？」

「え、だめじゃん。先に教えてよ」

「だめじゃないでしょ、はい、約束ね」

やけに得意げな弥生の顔は、赤らんでいる。

「うわー、詐欺にあった」

「人聞きの悪いこと言わないでよ」

笑いながら、わたしは一杯目のワインを飲み干す。

夜の海岸は、昼間のそれとは、まるで別物だ。明かりがほとんどない。細い月が浮かんでいる。ミュールには容赦《ようしゃ》なく砂が入ってくる。昼間ほどではないにしても、砂には熱がこもっている。いちいち取りきれないので、すぐに脱ぎ、裸足《はだし》になることにした。

少し歩いたところで、弥生が言った。

「このへん座ろうか」

頷き、ミュールを近くに置いて、並んで座った。

海岸を散歩しているらしい人たちが、いくつかシルエットで見える。距離があるので声は聞こえない。耳に入ってくるのは波の音ばかりだ。水面を見つめようとしたけれど、暗い。砂浜と波の境界線が、ぼんやりとしかわからない。

「夜の海ってちょっと怖いよね」

うん、と答えた。また波の音。

離れた場所に、ホテルが連なっている。ほとんどの窓が明るくなっているから、たくさんの長方形の光が浮かんでいるみたいだ。それぞれに、ハワイにやってきた目的や理由があるのだ。約束を抱えて来た人たちも、少なくないかもしれない。

デザートであるココナッツアイスクリームとパイナップルのシャーベットまで残さずに食べ終えると、お腹が苦しくなるほどだった。お店の人たちに丁寧に見送られ、タクシーに乗ったとき、海に行こうか、と弥生は言った。わたしは、うん、と答えたけど、わたしが何も言わなくてもきっと了承だと思っただろう。

「ねえ、歌おうよ」

唐突に弥生がそう言った。

「歌う？　何を？」

「朝戸みなみに決まってるじゃん。どれがいいかなー。やっぱり『the morning』かなー」

歌うこと自体、すっかり決まっているかのように言う。わたしたちが二人揃って、あのアルバムの中で一番好きだと話していた曲。わたしは反発した。

「イヤだよ」

「独身最後のお願い。ね、結婚祝いだと思って」

ずるい、と思った。そんなカードを出されては、こっちもむげにできないではないか。わたしがそれ以上反対しないのを察してか、楽しそうな口調で、弥生は言った。

「いくよ。せーの」

覚悟を決めて、歌いはじめる。歌詞は間違えようがなかった。だって数えきれないほど聴いてきた曲なのだ。むしろ、わたしより大きな声で歌う弥生のほうが、ところどころ歌詞が曖昧なようだった。

けれどサビは、弥生も間違えなかった。

はじまる　この朝から
つながる　この歌から
なんでもできる予感を持って
今すぐドアを開きたい

はじまる　この朝から
広がる　この指から
誰でも会える魔法を知って
今すぐ旅に出かけたい

二番に突入するつもりだったらどうしようと思ったけど、さすがに一番を歌って満足したようだった。ホノルルの海岸で、二人で歌う「the morning」は、繰り返し聴いたり歌ったりしてきた曲と、同じだけれど、同じじゃなかった。
明後日《あさって》、帰りの飛行機では、『morning』を聴こうと思った。

「ありがとうー」

抱きついてきた弥生の首筋あたりから、ふわっと、アルコールの匂いがした。酔っぱらいー、とわたしは言い、けれど楽しくなって、そのまま倒された。砂浜に倒れ込んだ瞬間、背中が少し痛んだけど、楽しさのほうがずっと大きかったので、すぐに気にならなくなった。右腕が下敷きになっているけれど、それも構わなかった。愉快だと思った。笑いがこぼれた。楽しい。

そうだ、いつも楽しかった。弥生といるとき。ずっと。ずっとずっと。

あの公園で約束したときから、ずいぶん遠くまでやってきた。距離も。時間も。でもあの頃と同じように、隣に弥生がいる。だからここまでやってこられたんだと、今は素直に受け止められる。一緒にドアも開けたし、こうして旅にも出かけられた。一人じゃできないことを、たくさんできた。

「南ー、ありがとうねー」

わたしの鎖骨に顔をうずめて、弥生が言う。声がくぐもっている。泣いているみたいな声だけど、泣いていないことはわかっている。わたしだって同じだ。泣くより笑いたい。くすぐったいよ、と言った。

名前を呼ばれるのが好きだった。あんなに嫌いだった名前なのに、弥生に呼ばれるうちに、誇らしいものになっていた。

自由になる左手で、弥生の背中を軽く叩いた。そして言った。

「結婚おめでとう」

デイドリーム　オブ　クリスマス

椰月美智子

MICHIKO YAZUKI
2002年『十二歳』で第42回講談社児童文学新人賞を受賞しデビュー。『しずかな日々』で07年に第45回野間児童文芸賞、08年に第23回坪田譲治文学賞を受賞。他の著書に『伶也と』『恋愛小説』『体育座りで、空を見上げて』『どんまいっ!』など多数。

公園の木々に初冬のつめたい風が突進し、赤や黄色の葉っぱが降ってくる。足元では行き場をなくした落ち葉たちが、まるで自分の意思でそうしているかのように舞い狂っている。

午後四時になろうという頃だった。良信《よしのぶ》は今しがた、草野球の仲間たちと別れたばかりだ。練習試合後にみんなでラーメン屋で一杯飲み、締めにチャーシュー麺を食べた。

つめたくなった耳がきいんと痛い。良信は防寒用の裏起毛のウィンドブレーカーのジッパーを首元まで押し上げ、ポケットに両手を突っ込んだ。ラーメンを食べて温まった身体《からだ》は、今やすっかり冷えていた。

今日は同い年である増田《ますだ》が、足を捻挫するというハプニングまであった。二十代から六十代までの幅広い年齢層のチームでは、四十代はまだまだ元気に動ける部類だ。練習試合前の投球練習で、どういうわけか足首をひねった増田を、年配たちが口々にだらしないぞとからかった。増田は一人で歩けないと言い、奥さんに迎えに来てもらってそのまま整形外科へ向かった。

あと半時間もしないうちに空は暮れてゆく。今年も、あとひと月もしないで終わる。少し遠回りをして公園に寄ったが、良信が思い描いていたような景色はなかった。

広い敷地の、池にスワンボートがある公園。澄んだ空に映えるさえざえとした見事な紅葉や、たのしげな若いカップルや、元気いっぱいの子どもたちを見たかったが、初冬の夕方の公園にはほとんど誰もいなかった。夕暮れに向かう空の色と空気は、ただただ切ない郷愁だけを運んできた。

一枚の布で覆われているだけの腿《もも》が、しんしんと冷える。自分はいつからこんなに寒がりになったのだろう。高校時代は野球部で、かなわぬ夢だと知りながら、プロになりたいと思った時期もあった。今ではそう思ったことこそが夢のようだが、こんな歳《とし》になりながらも、結婚したり子どもが生まれたときのほうが遠い過去で、高校時代のほうが近しいような妙な感覚がする。

ふいに、自分は何歳まで生きるのだろうかと良信は思う。すでに折り返し地点は過ぎている。優も良も不可もない、可ばかりの毎日はそれなりに充実していて、不満も欲もない。それを疑問視してあせる気持ちもない。このまま健康に働けて、家族の生活へ可を与えていければ御の字だ。

若い頃は死ぬことが怖かった。死という得体の知れないものが怖くてたまらなかった。絶対に死にたくないと思っていた。けれど今は、自然と受け入れられる気がしている。もちろん今死んでは困るが、年老いて死ぬことについて、なんらひとかけらの恐怖もない。そうやってある種の諦観のうちに人は死んでゆき、また生まれてくるのだと思える。

空が夕方の気配を濃厚にまといはじめ、良信はベンチから腰を上げた。自販機で温かい缶コーヒーを買って、カイロ代わりに手のひらで包む。家に帰って、ゆっくり風呂に浸かって温まろう。

　足早に歩く年配の女性が、すれ違いざまにポケットからなにかを落とした。良信はとっさに声をかけた。拾い上げてから、わざわざ声をかけるほどのものではなかったことに気付く。ポケットティッシュだ。

「はい？」

　顔を上げた女性に落とし物を手渡す。一秒、二秒、三秒。良信はその女性の顔に見覚えがあった。視線をそらす前に、唐突に過去の記憶と目の前の女性の像が結ばれた。

　女性の瞳が揺れる。

「良信くん？」

　すぐには言葉が出ない。あ、ああ、といううめき声のあとに、ようやく「ひさしぶり」と裏返った声が出た。

「ええ、ええ、本当にひさしぶりでびっくりしちゃった」

　びっくりしたのは良信のほうだ。頭の回線がこんがらがって、なんと言っていいかわからない。一方のみさおは、笑顔で良信を見つめている。

　じゃあ、と言って歩き出してもよかったが、このまま立ち去ってはいけないような空気があった。その空気を感じたとたん、妙な感慨が湧く。そうだ、みさおはこういう女だった。自分はただ笑っているだけのくせに、その笑顔のなかには明確な指示と要求があった。それを感じ取った良信は、みさおの思惑通りに行動するしかないのだ。

「座りますか」

ベンチを指さして言い、良信はとっさに出た敬語に、あの頃自分はどんな話し方をしていたのだろうと考えたが、うまく思い出せなかった。

「いや、外じゃ寒いから、どこかでお茶でも飲みましょうか」

「ええ、そうね」

みさおはあっさりとうなずいた。

公園近くにある、全国展開されているコーヒーショップに入る。良信はコーヒーを、みさおはカフェオレを頼んだ。互いに飲み物をひと口含む。

「何年ぶりかしら。二十年……以上よね」

「あ、ああ、もうそんなになるかな」

無理に笑おうと思ったけれど頰のあたりが引きつった。なにを話していいのかさっぱりわからない。

暑いほどの店内では、寒風吹きすさぶ公園のベンチに座って、人生について望洋と思いをめぐらせていた少し前の時間が、まるでうそみたいに思えた。もはや死は、はるか遠い場所にひそかに存在しているに過ぎなかった。

「元気だった？」

みさおの笑顔に、良信はちいさくうなずく。

長い年月の間、元気じゃないときだってもちろんあった。でも今は元気だ。草野球の練習試合の帰りに、公園の紅葉を見たいと思い立ち、人生について思いを馳《は》せるくらいには充分元気だった。

「みさおさんは、お元気でしたか」

「うんうん、元気よ」

みさおが愉快気に笑う。

過去の自分は、こんなふうな再会をどれほど夢見たことだろう。これが二十年前だったら？　十五年前だったら？　せめて十年前だったら？　みさおにどこかで会うかもしれないという自意識と意地だけで身ぎれいにし、背筋を正していた自分を、良信はたやすく思い出すことができる。その呪縛から足を洗うことができたのはいつの頃だっただろうか。

「何歳になったの、四十四歳？」

「いや、四十三歳」

即座に言い直してしまった自分に、耳が熱くなる。来月には四十四歳になるのだから、訂正する必要はなかった。みさおが自分の誕生日を忘れたことへの抵抗だと思われやしなかっただろうか。みさおを前に、たった一歳の年齢を訂正したことは嫌味に聞こえなかっただろうか。

「わたしがおばあちゃんになるはずだわね」

良信は黙っていた。

「正直ねえ」

笑ったみさおの目尻に、深く長いしわが刻まれる。

「野球、やってるのね」

「あ、ああ。町内の連中と草野球ね」

「よかったわ」

みさおがつぶやく。

よりによって草野球のユニフォーム姿でみさおに再会するとは、皮肉なものだと思う。運動不足解消にと、町内の草野球チームに入ったのは五年ほど前だ。

良信は高校卒業後、大学に入って野球部に入部したが、肘を痛めてすぐにやめることになった。一時は生きる気力さえ失いかけた。そんなとき、みさおに出会ったのだった。

良信は今さらながらに、自分のひどい格好を見る。泥の付いたユニフォーム姿。コーヒーショップのなかでも一人異質だ。

みさおは、黒いタートルネックのセーターにベージュのパンツ。首元には、ピンクがかった輝きを放つ真珠のネックレス。身につけているものの上質さに良信は安堵《あんど》し、その感情に少なからず驚く。あの頃は何不自由ない暮らしを送るみさおの恩恵を受けながらも、うらやんで憎みもした。

「結婚してるのね」

良信は曖昧にうなずく。

左手薬指のプラチナリングというのは、見ようと意識しなくても、相手の視界に勝手に飛び込んでいくものだ。

「お子さんは？」

「中二の息子と小六の娘」

「まあ、そうなの！　それは将来がたのしみね」

血を分けた二人の子どもたち。結婚の有無よりも、子どもの存在というのは確かな輪郭を自分に与えてくれると、こういう状況になって良信ははじめて気付く。

「このへんに住んでるの？」

「ここから三十分くらい歩いたところ。結婚したときにこっちに家を買ったんです」

「そうだったのね。てっきりご実家に戻ったのだと思っていたわ」

良信の実家は富山県にある。今は弟夫婦が両親と一緒に住んでいる。

「みさおさんは？」

「わたしはまだあのマンションに住んでるのよ」

レンガ色のマンション。十二階のあの部屋。あの浴室。あの寝室。過去の扉に軽く触れるだけで、ありありとあの頃の情景が浮かんでくる。

「友人がこの近くに住んでいてね。用事を済ませて帰るところだったの。まさか良信くんに会えるなんてね。夢みたい」

マンションの間取りやら、草色のカーテンが風をはらんでふくらむ様子は思い出せるが、それははたして現実のものだったのだろうか。今ではまるで、遠い昔に読んだ小説のなかの出来事のようにも思える。

「良信くんは、なんのお仕事をしてるの？」

「コンピューター関連の会社に勤めてます」

「すてきね」

すてき、というのはみさおの口癖だった。映画を見ても、美しい景色を見ても、散歩している犬を見ても、みさおはすてきねと言った。

「みさおさんは？」

「細々と仕事してるわ」

「翻訳の？」

「ええ」

「ご主人はお元気ですか」

「主人はおととし亡くなったの」

「……そうですか」

みさおの亭主には、当時一度だけ会ったことがある。いや、会ったことはない。気配を間近に感じたに過ぎない。良信はあのときのことをひさしぶりに思い出す。

何度も何度も繰り返し再生するうちに、爆発するような苦しい思いは拡散されて霧散し、ねじ曲がった感情はいつしか激しい欲情を喚起するだけのシーンとなった。その余韻はしばらくの間、良信を甘く強く揺さぶったが、それも長い歳月の間に、いつしかパソコンの待ち受け画面のように、そこにあるけれど気にならないただの背景にすりかわっていった。

あの日、良信はみさおのマンションに呼ばれていた。いや、呼ばれて行ったのか押しかけて行ったのかは定かではない。まだ日が高い時間だった。野球をやめた良信には時間が有り余るほどあった。みさおは自宅で翻訳の仕事をしており、旦那はどこかの出版社の編集者だった。

クイーンサイズのベッドに陽《ひ》がさんさんと差しこんでいた。健やかな眠気と腕のなかにみさおがいるという安心感にうとうとしはじめたとき、呼び鈴が鳴った。どうせ宅配便よ、とみさおは言ったがチャイムは執拗《しつよう》に鳴った。みさおがゆっくりと起き上がって、玄関に向かった。みさおを思う幼稚な恋しさからか、良信もばかみたいに一緒についていった。

ドアの向こうで物音がした。

「おおい、開けてくれよ」

くぐもった声が聞こえた。良信とみさおは瞬時に顔を見合わせた。それでもみさおは、少し微笑《ほほえ》んでいるようにも見えた。

良信はいそいで寝室に戻り、Tシャツとジーンズを身につけた。みさおの指示に従って、汚れたスニーカーを持ってベランダへ出た。

みさおは黒いスリップ姿のまま玄関へ向かった。良信は身じろぎひとつできずに、ベランダで膝を抱えていた。思考力はゼロだった。見つからないようにと、ただそれだけを祈った。

「まだ寝てたのか」

男の大きな声が聞こえた。ドッ、ドッ、ドッ、という己の心臓の音を、自分の耳で聞いたのは、あのときが最初で最後だ。みさおの旦那は、忘れ物をして戻ったらしかった。鍵を会社に置いてきてしまったらしく、ドアチェーンはかけてはいたものの、神に感謝せずにはいられなかった。

しばらくしてから、二人が寝室に入って来るのがわかった。自分の心臓の音が二人にも届くのではないかと、気が気ではなかった。いつカーテンが開けられるのだろう。いつベランダのガラス戸に手をかけられ、留守中に女房を寝取った子どものような学生を見つけるのだろう。

けれど、そんな動きは一切なかった。二人はベッドの上にいた。見ることはできなかった。声も聞こえなかった。たまに男の湿った笑い声が宙に浮かんだだけだった。

良信はその間中、しずかに空を見上げていた。小さく体育座りをしてベランダから眺める都会の空は、意外にもきれいで青くて大きくて、田舎の空となんら変わらない気がした。自分が大気と同化して、このまま溶けていくような感覚があった。

どのくらい経《た》った頃だろう。みさおがカーテンを開き、ベランダの窓を開けた。みさおは困ったような顔で笑っていた。

「大丈夫。なんの問題もないわ」

盛り上がった乳房が、スリップに美しいドレープを作っていた。良信はスリップの頂が濡《ぬ》れているのを目にした。その瞬間、思いもかけない衝動が身体中を貫き、良信はとっさにみさおの頬をはたいた。みさおはその倍の力で、良信の左右の頬を打った。

かつてないほどの欲情が良信の身体をかけめぐった。みさおの細い手首をつかんで乱暴に倒し、力任せに犯した。ベッドはまだ温かく湿っており、昼間の光は、みさおの耳の産毛を金色に輝かせた。なにをしてもよかった。なにをしても許された。

けれど終わってみれば、犯されていたのは良信のほうだった。目に見えない力で良信をあやつっていたのは、みさおのほうだった。みさおは満ち足りた表情で目を閉じて、あらゆるものを当たり前に味方につけていた。

その事件（良信はそう呼んでいた）は、二人の別れを示唆するものではなく、燃え盛っている火にガソリンを投入する役目となった。ガソリンは怒りであり嫉妬だった。

みさおの屈託のなさが脅威だった。貪欲に求め、からりと笑い、泣いている人と同じ目線で泣き、強く欲しがり、あっけなく手放す。良信は十九歳だった。三十九歳の美しい人妻は、もろくて頑丈で自由だった。

みさおとは、十九歳で出会って二十歳で別れた。一年半ほどの短い付き合いだった。みさおはその間に、三十九歳から四十歳になった。

あのときの若造は四十三歳の中年になり、あのとき美しかった人妻は六十三歳の初老の女性となった。

「ほんと懐かしいわ」

みさおの声で我に返る。店に入ってからずっと視界に入っていたはずのみさおだが、こうして動いてしゃべっていることが、突然奇妙なことに思えた。遠近感さえおかしく感じる。

「なんかこれ、すごい状況だよね」

良信がつぶやくと、みさおは「シュールよね」と、うすく笑った。

「浦島太郎みたい。玉手箱を開けたら髪がまっしろになっちゃうの。ねえ、どう？　わたしの髪、大丈夫？　まっしろになってない？」

「なってない」

うまい返しができない。

「二十三年ぶりか……」

「うん、そうね。驚いちゃうわよね。赤ん坊が大人になって、また赤ん坊を産めるくらいの長い年月だわ」

一瞬の間のあとに、良信は笑うことができた。五年後、十四歳の息子は、あのときの自分と同じ十九歳になるのだ。そしてふいに、自分はもう、あのときのみさおの歳を超えたのだと気付いた。歳月は誰にでも平等に降り注ぐ。

「ねえ、ごめんね。こんな話、いやだと思うんだけどいいかしら。昔のことなんだけど」

「どうぞ」

「なあに、なんで笑ってるの」

「いや、なんでもない」

自分たちには昔のことしかないのにと思うと、おかしかった。

「そもそもわたしたちって、どうして付き合うようになったのかしら」

「え？　その質問、まじですか」

「うん、まじよ」

真面目な顔でうなずくみさおに呆《あき》れて、良信はふうっと鼻から息を漏らした。

「おれのバイト先に、みさおさんがお客で来たんでしょ」

「バイト先？」

「バスク料理店」

「あー、あの赤坂の」

良信はゆっくりとうなずいた。野球部をやめてからはじめたバイトだった。誘ってくれた友人は結局すぐに辞めてしまって、良信だけが残った。

みさおは店長と親しく、よく店に顔を出した。みさおの第一印象は「東京の女」だった。

上質な服を着こなし、上等なパンプスで床を踏み鳴らした。きれいな大人の女《ひと》だと思った。

みさおは、ウエイターの良信によく話しかけてきた。女性と一緒のこともあったし、男性と一緒のこともあった。

「今度デートに誘ってもいい？」

と、みさおは良信にではなく、良信を見つめながら店長にたずねた。店長はどうぞどうぞと言い、みさおはその場で良信に翌日の予定を聞いた。

そして本当にその翌日、良信はみさおとデートをした（と言っても、すべてみさおが仕切ったのだが）。高級車に乗せてもらい、これまで見たこともないような料理を食べた。良信はバイト仕事の一環だと捉えていた。もちろん時給が出るわけでもないし、身を売っているつもりもなかったが、働いている店のお得意さんに付き合うのは当然だという気がしていたし、大人の女性に連れられて歩くのは悪い気分じゃなかった。

みさおを女として見ていたわけではなかった。いくらきれいでも、自分の母親とそう歳の変わらない女とどうにかなるなんて、これっぽっちも考えはしなかった。だから、その日のうちにみさおとどうにかなってしまったことは、良信にとって青天の霹靂《へきれき》と言ってもいい。

ホテルのバーでお酒を飲んだ。

「好きになっちゃったみたい。だってあなた、わたしのタイプなんだもの」

みさおは下戸で、酔ってもいないのに酔っているみたいに言った。しかしそう言われても、良信にはまったくピンと来なかった。

だから、みさおからホテルの部屋に誘われても、そういう意味だとはこれっぽっちも思わなかった。田舎から出てきたたあいない青年は、部屋に入って、東京の女であり、東京の男の妻であるみさおが、下着姿になってからようやく合点したのだった。

誘われるままに二回目のデートをし、それからはずぶずぶと、歩けば歩くほど沈んでいってしまう道を這《は》うように進んでいった。良信にとっては、みさおが二番目の女性だったというのがせめてもの救いだった。

「ああ、そうか。わたしが誘ったのね」

「そう」

「もうひとつ聞いていい?」

「まさか、どうやって終わったかっていう質問じゃないよね」

「えっ? どうしてわかったの? そうよ、それも聞きたかったの」

みさおの瞳が揺れた。うそをついていると思った。みさおはなにかしらの言い訳をしたいのだと。

良信は大きく息を吐き出して、頭を振った。

「おれも覚えてないよ」

きっぱり言うと、みさおはうつむいて、「そうかあ、そうだよね」とうなずいた。

良信は今、自分がみさおよりも優位に立っているのだと思った。それは若さという、ただひとつのくだらない理由からだったが、みさおの年齢からしてみたら、あながちくだらないとは言い切れないと感じる。

良信は、当時より体重が十キロほど増えた。今でも決して太っているわけではないが、あの年代特有の骨格は、余分なぜい肉を一切受け付けなかった。薄くて固い身体は、どこまでも飛べるバネがあって、いろんな可能性を秘めていた。

二十三年分の歳月がみさおの外見に変化を与えたように、良信の見た目も歳月分変わっていることだろう。あの頃の、ひょろりとした青年はもうどこにもいない。

「時間は大丈夫？」

普段の癖で腕時計に目をやった良信に、みさおが眉を持ち上げてたずねた。

「懐かしいな」

「え？」

「みさおさん、なにかをたずねるとき、いつもその顔したよね」

「そう？」

「うん」

今ならその顔が、絶対に相手がNOと言えない表情だということがわかる。

「帰ったほうがよさそう？」

「あ、いや、時間は大丈夫」

時刻は午後六時前だった。息子は野球ではなくサッカーを選んだ。地域のクラブチームに入っている。今日は練習試合があると言っていた。妻と娘は買い物だ。帰りに息子を迎えに行きがてら、夕飯はおそらく外で食べてくるだろう。

ラーメンのおかげで腹は減っていなかった。入口には席が空くのを待っている客がいる。

「とりあえず出ましょうか」

良信の言葉にみさおがうなずき、二人で席を立った。

「わたし車だから、送っていくわよ」

駐車場まで無言で歩いた。

「ずっとこれなんだ？」

停《と》めてある白い車を見てたずねると、

「乗り慣れてるから」

と、みさおは少し照れたような顔を見せた。四つの輪っかがつながり合っているロゴマーク。このメーカーの車を間近で見て触ったのは、みさおの車がはじめてだった。二十三年前は真っ赤なボディだった。それはいつでもピカピカに磨かれていた。

　助手席に乗り込んだ瞬間、妙な既視感に襲われる。こういう場面は幾度となくあった。たまにハンドルを握らせてもらうこともあったが、みさおは酒が飲めないので、助手席はたいてい良信だった。

「さあ、どこに行きましょうか」

　エンジンをかけるみさおの横顔が、たのしそうに映る。

「なんか図々しく乗り込んじゃったけど、いいのかな。なんかおかしくない？」

「なあに」

「二十三年ぶりに偶然会って、お茶飲んで車に乗るなんてさ」

　なんだかすべてが、できすぎているような気がしたのだ。

「まさか、みさおさん、幽霊じゃないよね」

　みさおは目を見開いて、それから大きな声で笑った。

「なに言ってるのよう！　生きてるわよ。失礼ねえ」

　笑いながらみさおがハンドルを握る。

「ほら、生きてるでしょ」

そう言って、良信の手首を力強くつかんだ。

「うわっ、つめたい」

「ちょっと、やめてよ。つめたいのは昔からじゃない。手先が冷えるのよ」

車は路地をくぐってゆく。

「運転大丈夫だよね」

「失礼しちゃうわね。免許証ゴールドよ」

「おれ、こないだ携帯いじってるの見つかって、六千円取られた」

「あはは。ばかねえ」

歳月というのは不思議なものだと、良信はつくづく思う。今年の夏、高校時代の同窓会が田舎であった。帰省がてら出席したのだが、思った以上にたのしかった。当時苦手だった同級生たちとも、驚くほど軽快に話ができた。二十年以上の月日は人に赦《ゆる》しを与えてくれる。卑怯《ひきょう》な真似《まね》をしたことも、されたことも、恥をかかされたこともその逆も、すべては赦されて輪郭を失い、粉々になって風に舞っていくのだ。

「見て、イルミネーション」

道路脇の左右の木々に、オレンジ色の電飾がちかちかと瞬いていた。

「クリスマスか」

「もうそんな時期なのねえ」

　良信の胸に、思いがけず迫ってくるものがあった。二十三年という歳月。美しい思い出もほろ苦い思い出もセピア色の写真となって、わざわざ探す必要のないものとなっている。

「……まだ持ってるわよ」

「え、なに？」

　みさおはなんでもないわと、うすく笑った。

「持ってるって？」

「聞こえてるじゃない」

　みさおが言っているのは、指輪のことだろうか。クリスマスにみさおのために用意したピンキーリング。店員におそろいでどうですかとたずねられた。良信は顔を赤くして、包んでもらったそれを奪い取るようにして店を出たのだった。

「あ、そうだ。ちょっと遠回りしてもいい？」

「うん」

　助手席からゆったりと窓の外の景色を見るなんてことは、おそろしくしばらくぶりのことだった。子どもができてからはずっと、大きなワンボックスカーに乗っていて、運転はたいてい良信だ。

街のところどころにイルミネーションが目立った。人々の潤いのために施された輝き。期間限定の美しさに目を奪われる。

みさおが車を停めた場所からフロントガラス越しに、今までとは比べ物にならないくらいの、大きなきらめきが見えた。

「ちょっと降りましょうよ」

ドアを開けると、つめたい風が身体をぐるりと囲むように吹いた。一気に身体が冷える。

ああ……。思わず感嘆の声が漏れた。大きなクリスマスツリーだった。青や黄色や赤の電飾に彩られ、寒空の下、すっくと天に向かって立っている。

「きれいよね。今日会った友達が教えてくれたの。一人で来るのもどうかと思ってあきらめてたんだけど、さっそく見られたわ。どうもありがとう」

「これ、本物？」

「ええ、本物らしいわ。去年植樹したそうよ」

不本意にたくさんの飾りを施されながらも、とても厳かに見えた。表面だけではない、凛《りん》とした強さ。木の内面からにじみ出るようなオーラがあった。近寄りがたい、人を拒絶する膨大なエネルギー。赦しを得られ、今のひとときだけ心を拓《ひら》いてくれたような解放感。ちっぽけな人の存在を包み込んでくれるような包容力。過去、現在、未来。悠久の時。ざわざとした感情が良信を侵食してゆく。

隣に立ったみさおの腕が良信の腕に触れた。みさおはにこにこと笑っている。みさおの手は、やはり氷のようにつめたかった。

選択肢はいくつかあった。良信は、自分にはそれを決める権利があると思った。今これからどういうことが起ころうとも、すべては自らに内包され、なににせよ過去に集約されていくのだ。はじまることはない、ということだけが確かで、それは安寧とした予感だけを良信に与えてくれた。


「どうすればいいのかしら」

ベッドに腰かけたみさおが良信を見上げる。これはもしや、すべて仕組まれたことなのだろうか。公園でみさおがポケットティッシュを落としたことから、ラブホテルと呼ばれる場所に二人でいることまで。

良信はみさおを見て、唐突に、歳をとったなと思う。そんな自分を卑劣だと良信は感じる。自分に対しての呵責《かしやく》を、みさおの年齢にすり替えて逃れようとしている。

「なんかごめん」

みさおから一人分ほど離れたベッドの上に、良信も腰をおろした。

「やだあ、謝らないでよ」

こんなときでもみさおは堂々としていた。もしくは、良信にはそう見えた。

「なにか飲む？　いろいろ置いてあるみたいよ」

そう言ってみさおは、湯を沸かし、自分用に煎茶のティーバッグをカップに用意した。良信は冷蔵庫を開けて缶ビールを取り出した。外で冷えた身体は車のなかでもなかなか温まらなかったけれど、この部屋の亜熱帯のような熱気にはすぐに順応し、喉がからからに渇いた。

みさおは一つだけ置いてある椅子に座り、良信はベッドにあぐらをかいた。

あの頃もこういう場所を利用したことが何度かあった。みさおの家やシティホテルもよかったけれど、良信はラブホテルが好きだった。目的が明確で、ざわつくような背徳感がまるでないところがよかった。

「ラジオでもかけようか」

沈黙を打ち消すように、良信はひとりごとのようにつぶやいて腹ばいになり、ベッド上部に搭載されているつまみを操作する。

「いつもビートルズのチャンネルだったわね」

「え？」

良信は驚いてみさおを見る。みさおは良信と目が合うと、ゆっくりと目を細めた。

みさおはビートルズが好きだった。良信も嫌いではなかったけれど、こういう場所で聞きたい音楽ではなかった。事が運んでしまえば、流れている曲など結局なんでもいいのだ。有線のチャンネル表を見ると、ザ・ビートルズとあった。B—23に合わせる。流れてきたのは、『Across the Universe』だ。良信は二本目のビールを取り出し、プルタブを開ける。

「……違う」

「うん？」

「違うのよ」

小さな子どもが、買ったばかりのソフトクリームを落としてしまったような顔で、みさおが首を振る。

あの頃、みさおはとてつもなく大人だったけれど、それはいわゆる経験値からくる社会性に他ならなかった。みさお本人はといえば、いつでも少女のような奔放さと好奇心にあふれた人間だった。ときに奔放さは残酷さとなり、好奇心は自分勝手へとすり替わり、良信を傷つけた。

「あのね、わたしは特別ビートルズが好きなわけじゃなかったの」

「そうだったの？」

「でもね、ビートルズは普遍性があると思ったの。あの当時だって、もうすでにビートルズの全盛期からは二十年以上経っていたけれど、やっぱりビートルズはビートルズだったわ。だからこれから先もずっと廃れることなく、世間に氾濫して流れるものだと思ったの」

みさおが良信をじっと見つめる。

「いつもビートルズをかけていたのは、あなたに対しての呪いだったのよ」

「呪い？」

「これから先ビートルズの曲を耳にしたら、あなたはきっとわたしのことを思い出すだろうと思った。思い出してほしかった。わたしも同じ思いだった。あなたと別れて何年かしたとき、ビートルズの曲であなたを思い出したかったの。そういう遊びを自分に仕掛けたのよ。だから毎回しつこくビートルズをかけたの」

良信は頭のなかを整理した。

「でも良信くんは、音楽なんて気にしてなかった。わたしときたら、あなたと別れてからは毎日のようにビートルズをかけていた。ばかみたいにエンドレスで。だからもう今さらビートルズを聞いても、思い出すのは良信くんのことじゃないの。良信くんを思い出そうと必死でビートルズをかけている、自分のいじましい姿なの」

みさおは一気にそう言って、かすかに笑った。

良信はみさおの言うとおり、ビートルズの曲でみさおを思い出すことはなかった。そんなものに頼らなくても、別れてから数年間はみさおを思い出さない日はなかった。何度も家の前まで行ったし、連絡を取ろうとも思った。けれど、自分のなかの蟻《あり》の涙ほどのプライドが許さなかった。

良信は、みさおと付き合っていた一年半ほどの数多《あまた》の時間を、みさおとの濃密な思い出に費やした。

「じゃあ、別れることを前提として、おれと付き合ってたってこと？」

「そう」

「それで、別れるように仕向けたってこと？」

沈黙があった。

「しょうがなかった。あれ以上進んでもどうにもならなかったもの」

みさおは目を伏せて、自分をかき抱くように両手を交差して二の腕を握った。

「うそつきだな、さっきは、別れた理由を忘れたって言ったじゃないか。二股かけられたなんて、おれだって今さら言いたくないさ」

そんなふうにぜんぜん言いたくなかったし、もうとうに忘れたことだった。なのに、自分の口から出て来た言葉はやけに切実に響いた。自分の身体のどこかに、自分でも気付かないまま、あの頃の苦しさが澱《おり》のように沈んでいるのだとしたら、それはひどく滑稽だった。

あの日はクリスマス間近だった。良信はバイト代をはたいて、みさおのためにピンキーリングを買った。小指にはめる指輪なら、みさおにとって重くないだろうと考えたのだ。良信にとっては高価なものだとしても、みさおにとってはガラクタみたいなものかもしれない。でも小指にするのなら、遊び感覚でいいんじゃないかと、おもちゃみたいでおもしろいんじゃないかと。良信なりにいろいろと考えた結果のピンキーリングだった。

いろんなことに背伸びをしたつもりだった。クリスマス当日はなにかと忙しいだろうと慮《おもんぱか》り、クリスマスイブの前日に、レストランを予約した。持っているなかでいちばんいい靴を履いて出かけた。ナイフとフォークを四苦八苦しながらあやつって、フルコースの料理を食べた。上出来だった。満足だった。あとで二人きりになったところでプレゼントを渡そうと考えていた。

外に出たところで、男に声をかけられた。

「みさおさん」

はずんだ調子の声だった。

「こんなところで偶然だね。あっ、指輪つけててくれてるんだ。嬉《うれ》しいなあ」

男は、良信にまったく目をくれなかった。いないものとして扱われた。みさおの中指には誰が見ても上等そうなルビーの指輪が輝いていた。みさおの誕生石だった。不覚にも良信は、その指輪をまったく気に留めていなかった。みさおはたくさんの指輪を持っていたし、いつもつけているのは左手薬指のプラチナリングだけで、それ以外の指には毎回見慣れない指輪が輝いていたから。

「明日、家に行くからよろしくね」

そう言って手を振った最後の最後で男は良信に気付いたようで、わざとらしく目を丸くしたが、すぐに笑顔になってそのまま去っていった。若い男だった。良信と同じくらいに見えた。

「誰？」

良信はたずねた。みさおはへんな顔をしていた。

「何歳？」

しばらくしてから、二十二歳、と返ってきた。

「彼氏？」

みさおは笑って、「いいでしょう？」と言った。冗談めかして言えば、この問題が解決するかのように。

それからみさおは良信を車に乗せて、ホテルへ向かった。良信へのクリスマスプレゼントということで予約していてくれたのだった。高級なホテルだった。大きな部屋に大きなベッドがあった。浴室には、ワイン風呂用の赤ワインが置いてあった。

さっきの若い男の存在が、良信の頭を占領していた。良信は胸にわだかまった怒りと羞恥の塊を、どうしていいかわからなかった。今にも爆発しそうなほどにあふれ返り、その感情に良信自身がのまれていた。

みさおはばかみたいに明るく振る舞っていた。そんなみさおも嫌だった。怒りに任せて乱暴に動いた。怒りが大きければ大きいほど、良信の性欲は強固となった。

「さっきの男は誰なんだよ。なんでちゃんと言わないんだよ。明日家に来るんだろ？　みさおさんが呼んだのかよ。指輪をプレゼントされたのかよ。おれの他に何人の若い男と付き合ってんだよ！」

良信が激昂《げきこう》すればするほど、みさおは冷静になるように見えた。笑顔ではぐらかし、慈悲深く微笑み、良信の頭をやさしくかき抱いた。

あの日と同じだと思った。膝を抱えてベランダで待っていたあの日。みさおを犯しているつもりで自分が犯されていたあの日。

「ちゃんと答えてほしい。あの男と付き合っているのかどうか教えてほしい」

良信の真摯な問いに対して、みさおはかすかにうなずいた。その瞬間、良信のなかでなにかが壊れた。

　結婚していることは仕方ないと思っていた。けれど、自分の他にも付き合っている男がいることは許せなかった。しかも良信と同じような若い男だ。とうてい受け入れることはできなかった。良信は眠っているみさおを置いて、ホテルを出た。ピンキーリングはテーブルの上に置いてきた。

　まるで映画みたいな陳腐な別れだと思った。みじめで、陳腐すぎて泣けた。女との色恋で涙が出るなんて知らなかったと思いながら、良信は帰り道、泣きながら冬の夜道を歩いたのだった。


　みさおは特別だった。野球をやめて、何者でもなかった十九歳の良信は、みさおという存在によって再生された。生かされていたと言ってもいい。気が狂わんばかりに恋焦がれて、一日でも離れていたら死んでしまいそうだった。会っても会っても足りなくて、いっそみさおごと飲み込んでしまえたらと思った。日がな一日みさおのことを考え、実際会っていてもみさおにまだ会いたかった。

　みさおと別れたあとの苦しい恋情を、良信は今、まざまざと思い出すことができる。会いたさと恋しさと怒りのなかで、のたうちまわっている自分を思い出すことは容易だ。けれど思い出すことと、自分がその感情に近づき寄り添えることとは違う。

今、良信の心にはなんの風も吹いていなかった。こうして二十三年ぶりに、自分史上最高に焦がれた相手とラブホテルにいても、なんの揺れもなかった。

「ごめんなさい。あなたにはひどいことをしてしまった」

みさおが深々と頭を下げる。

ぜんぜんいいよ、と良信は答えた。

「今さらそういう、芝居がかったことやめようよ。昔の恋愛をなぞる真似して、気持ちを盛り上げるつもりなんてさらさらないよ」

良信の言葉に、みさおは思いがけず傷ついたような顔をした。

「あの日、お店の前で会ったあの子はね」

「聞きたくないな」

良信の言葉を無視して、みさおは続けた。

「あの子はね、主人の息子だったの。母親と一緒に暮らしていたんだけど、クリスマスやお正月にはうちにちょくちょく顔を出してたのよ」

良信はみさおを見た。

「わたしはあの子の継母《まはは》だったの」

喉から、ぐっ、となにかが詰まったような音が出た。なんだ、そりゃ。自分に向かって、良信は小さくつぶやいた。

「良信くんとの関係を断ち切るのに、ちょうどいい機会だと思ったの。あれ以上一緒にいたら、わたしの心は破綻すると思った。どんどん深みにはまっていく自分が怖かった」

しばらくの間のあとに、良信は「そうだったんだ」と言ってみた。その声は、おそろしく間抜けに響いた。

一気に脱力した。動揺はしなかった。すべては過去のことだ。なんだかもう、いろんなことがばからしく、どうでもよかった。みさおが先刻言ったように、二十三年というのは、赤ん坊が大人になって、また赤ん坊を産めるくらいの長い年月なのだ。

穏やかに死にたいと、良信はふと思う。これまでの人生などどうでもいいように、ほんの刹那の出来事として消化して死にゆきたいと思った。

「ごめんなさい、許してね」

みさおは悲痛そうな顔をしていた。

良信は今にも涙ぐみそうなみさおを、めずらしい生き物のように眺めた。そして、合点した。みさおはいまだ、あの頃の恋を引きずっているのだった。今でもあのときの感情にリアルに寄り添えるのだ。

当時、自分ばかりがみさおを好きだと思っていたけれど、それは思い違いだったのかもしれない。あの頃みさおは、今の良信と近い年齢だった。ハタチの子どもと、四十路《よそじ》の大人の恋愛。自分だったらとてもじゃないけれど真似できない。そんな好奇心も情熱も持ち合わせていない。

良信はこんなところに来たことを、失敗したと思っていた。昔の恋しさを少しでも思い出せるかと愚かな期待をしたけれど、自分はもうハタチの子どもではなく四十三歳の男で、あの頃、手が届かないと思っていた大人の女は、今や還暦を過ぎた女なのだ。

「許すもなにもないんだよ。こっちこそごめん。こんなところに来るべきじゃなかった」

あの頃と今と、立場がまったく逆になってしまったことが、さみしかった。

みさおが洗面所に向かったのを見計らって、良信は有線のチャンネルに手を伸ばした。ビートルズの『Can't Buy Me Love』が流れていた。その曲はなぜか、良信に小学生の頃の夕方の景色を思い出させた。学校帰りの、遠くに見える海。ピンク色の空。夕方のアニメ番組を見たくて、ランドセルを揺らしながら足早に家路を急ぐ少年。

来るべきじゃなかった。会うべきじゃなかった。良信は胸のうちでつぶやく。

そのとき、チャンネルを替える手元が止まった。懐かしい曲が流れていた。フリッパーズ・ギターの『恋とマシンガン』。チャンネル表を手に取る。「懐かしのベスト J—POP」

とある。１９９０年。あのときの曲たちだ。

良信の脳裏に、たちまちものすごい勢いで思い出が甦《よみがえ》る。サザンオールスターズ『真夏の果実』。あの頃の色、匂い、温度。十九歳の自分、二十歳の自分。

はじめて腕を組んで歩いた日。一緒に行ったディズニーランド。ハンドルを握るみさおにキスをした。大阪まで、お好み焼きを食べにドライブをした。サイクリング場で、車輪の大きな二人乗りの自転車に乗った。

森高千里『雨』。高野寛『ベステン　ダンク』。LINDBERG『今すぐ Kiss Me』。吐きたくなるほどの、過去の記憶が呼び覚まされる。

「懐かしいわね」

気配に振り返ると、みさおが立ったまま小さく笑っていた。

音楽の記憶は絶大だ。気付かぬうちに洗脳され、侵食されている。良信は今まさに、１９９０年の呪いにかけられていた。良信は性急に服を脱いだ。そうしなければ、自分たちの思い出は永久に損なわれてしまうと思った。

みさおの身体は、良信の指でどうにでも形を変えられそうに、力なく頼りなくさらりとしていた。それは自ら発信することを放棄した肌のようにも思えた。色素が抜けて色彩はなくなり、すべてが混沌《こんとん》として、シーツと同化してしまいそうだった。

みさおの身体を覚えているわけではなかった。記憶は、その後の何人かの恋人たちと一緒になって紛れてしまった。

はじめての感触だった。二十三年の歳月。切なさだけが、過去の遠い道から欲望を運んできてくれた。みさおはあの頃のみさおではなく、良信もあの頃の良信ではなかった。ちろちろと細くたなびく炎だけが、薄ぼんやりとそこにあった。


「なんだか申し訳なかったわねえ」

少しだけ汗ばんだ背中から顔だけを良信に向け、みさおが言う。

「なにが」

良信は思わず笑ってしまう。すっかり無防備になったみさおが、いきなりのおばちゃん口調で言ったからだ。

「だって、なんだかねえ」

「おれだって、なんだかねえ、だよ」

互いに声をあげて笑う。

後悔はなかった。今日会ったことは偶然だったけれど、みさおの思いを聞けてよかったし、そのみさおの思いが今日、昇華されたのだと思った。良信の心の奥底に沈殿していた澱もきれいに消滅した。もう会うこともないし、連絡を取ることもないだろう。

　さっきの公園までみさおが車で送ってくれた。

「じゃあね、良信くん」

「うん。どうもありがとう、みさおさん。会えてよかった」

「最後にひとつだけ。あのピンキーリング、どうしたらいいと思う？」

「みさおさんの好きなように」

　みさおにはみさおの思いがあるはずだ。

「わたし、しつこい女だからきっと捨てられないと思う」

　良信は少し笑った。

「どうもありがとう。良信くん、ちょっと早いけどすばらしいクリスマスを。そして良いお年を！」

「みさおさんも！」

　良信はうしろを振り向かないで歩いていった。車の走り去る音が背後に聞こえた。二十三年ぶりに、運命の存在を信じられた日だった。ものわかりのいい大人になるのも悪くない。

　冬の夜空はすっきりときれいで、いくつかの星が瞬いて見えた。息子のサッカーの練習試合の結果はどうだっただろう。妻と娘は気に入ったものを買えただろうか。良信は身体の内側から、家族への愛情があふれてくるのを感じていた。身勝手なずるさだと承知しつつ、それでもかけがえのないものだと心から思えた。みさおとのことは、すでに遠い過去のかさぶたみたいだった。

夜の風が、良信の頬をぴしゃりと打つ。良信は家までの道をゆっくりと駆け出した。

超遅咲きＤＪの華麗なるセットリスト全史　山内マリコ

MARIKO YAMAUCHI

大阪芸術大学映像学科卒業後、京都でのライター生活を経て上京。2008年「女による女のためのR-18文学賞」読者賞を受賞。12年8月『ここは退屈迎えに来て』でデビュー。著書に『さみしくなったら名前を呼んで』など。

あたしのうちは音楽一家ってやつで、パパは交響楽団のヴァイオリニスト、ママは日比谷公会堂でリサイタルを開いたこともあるピアニストだった。結婚して子供を産んでからは、ママは兄と姉にだけ、スパルタでピアノを教え込んだ。

「だって上の二人は筋が良かったんですもの、緋沙子《ひさこ》ちゃんと違って」

こんなことをさらっと言う意地悪なママだけど、たしかにその通り。あたしも最初はママにピアノを教わっていたけれど、バイエルでつまずく落ちこぼれぶりだった。

「ぼくが緋沙子くらいのときは、もうブルグミュラーを卒業してたぜ」

「あら、あたしなんてソナチネを終わらせてたわ」

なーんて、兄からも姉からも馬鹿にされたものだ。

でも、味噌っかすのあたしには反論も出来なかった。なにしろうちでは、楽器を上手に演奏できる人が偉くて、自分の意見を言う権利を持っていたから。楽器を上手に演奏できない人は嘲笑われて当然、そんな決まりがあるみたいだった。

それにあたしはピアノがほんとに下手クソで、どんなに教えられても楽譜はスラスラ読めないし、右手と左手で違う動きをすると指がこんがらがっちゃうんで、すぐに嫌気がさした。あたしの小さな指には、鍵盤は大きすぎるし重すぎるのだ。音《ね》を上げて癇癪《かんしゃく》を起こすたび、

「練習が足りないのよ！」

ものすごい形相で怒鳴られた。ママは練習に心血を注がない人を、みんな怠け者だと思っているのだ。

ママにとって練習は絶対だ。自分も一日に最低二時間は指を動かしたし、兄や姉にはその倍くらいの練習時間が義務付けられていた。だから四谷にあったうちからは、いつもピアノの音が響いていた。

当時としてはめずらしい洋館で、魚のうろこみたいな赤い瓦の、三角屋根が目印だった。よく垣根の向こうで近所の人が耳を澄ませていて、音色だけで誰が弾いているのかわかると言った。

「やっぱりお母さんのピアノはいいね」とか、

「お姉ちゃんはずいぶん情熱的に弾くようになったね」とか。

ばあやについて買い物に出ると、近所の人に呼び止められて、よくそんなことを言われたっけ。

台所でじゃがいもなんかを剝《む》くのを手伝っていると、

「お嬢さま、ひがんじゃ駄目ですよ」

ばあやは釘を刺すように言った。

「ひがんでなんかないわ」

思いっきり頰を膨らませながら、あたしはちょっと無理して言う。

「あらそう。それならいいですけど」

ばあやはふふふっと笑った。

ばあやはあたしがどれだけむくれても、いつも笑って受け流し、そしてこんなことを言って慰めてくれた。

「緋沙子お嬢さまは大器晩成型ですからね。大器晩成型の人の子供時代は、普通の人の何倍も、辛いものなんですよ」

大器晩成型という言葉の意味はよくわからなかったけれど、「あなたはまだ終わってない。はじまってもいない。なんだってこれからよ！」というニュアンスは伝わってきた。悪い気はしなくて、膨らませていた頰からしゅるしゅると空気が抜ける。あんまり何度も言われるもんだから、なんだか自分は本当に、大器晩成型なんだという気がした。

でも、それってつまり当面は、鳴かず飛ばずってことだ。それが運命づけられているってことだ。

あたしは相変わらずピアノが上達せず、味噌っかすで、近所の男の子からも「下手クソ緋沙子はピアノなんか弾くな」と罵倒された。

でも、言い訳するわけじゃないけど、うちにあるたった一台のピアノは、いつも兄と姉が独占してるもんで、末っ子のあたしはなかなかさわれなかったのだ。

パパにそう泣きついたら、

「緋沙子はピアノをやめてヴァイオリンをやったらいいよ」と言ってくれた。

あたしは大喜びでパパの首に抱きついた。

だってパパが、つきっきりでヴァイオリンを教えてくれると思ったのだ。ところがどっこいである。パパったらあたしに、大塚にいいヴァイオリンの先生がいるから、そこへ通いなさいと言った。

なーんだ、パパが教えてくれるんじゃないんだ。

あたしはちょっとがっかりしたけれど、でもその大塚の先生がロシア人で、あの諏訪根自《すわねじ》子《こ》さんや巖本真理《いわもとまり》さんも、その先生の元でヴァイオリンの英才教育を受けたんだと聞くと、すっかり気を良くしてしまった。

諏訪根自子さんといえば、素晴らしい美貌で有名な天才少女だし、巖本真理さんの独奏会には母に連れられて行ったことがあった。

このあたしが、彼女たちを指導したロシア人の先生に教わる⁉

その話を聞いた途端すっかり舞い上がり、一足飛びに自分も天才ヴァイオリニストの仲間入りを果たした気がした。頭の中では止めどなく妄想が広がって、諏訪根自子さんと巖本真理さんとあたしが、「天才ヴァイオリニスト三人娘」よろしく、新聞記事に取り上げられているところまでありありと浮かんだ。あたしだけがすごく年下だから、写真を撮るときは背丈のバランスを考えて、きっと真ん中に立たされるんだわ。そう確信して、ほくそ笑んだりした。

ロシア人の先生が住む大塚のアパートメントへは、ばあやとともに出かけた。うちの最寄りの四谷見附から都電十一系統に乗り、飯田橋や江戸川橋で乗り換えて、やっとのことで辿り着く。東京文理科大前の停留所の目の前にあるその建物は、五階建てのどっしりしたコンクリート造りで、百室以上部屋があるのに住人は全員女性という変わったところだった。

その建物に住んでいるのは高給取りの職業婦人ばかりということで、ばあやはあんまりいい顔をしなかった。そういう人たちに感化されると、あたしの教育上よろしくないということだった。

「女の子はね、大人になったら一刻も早く結婚するのがいちばんなんですよ」

「ふん」

ばあやに手を引かれながら、あたしは興味なさげに鼻を鳴らす。

「ねえばあや、そしたらなぜここの人たちは結婚していないの？」

「いい人にめぐり合えなかったんでしょうね。でもお嬢さまは心配なさらなくて大丈夫ですよ。お年頃になったら、お父さまがちゃんと素敵な人を探してきてくださいますからね」

あたしはやっぱり、そんな話はどこか上の空だ。それでいて、この奇怪な建物に興味津々なのだった。

「ねえばあや、ここにはエレベーターがあるっていうじゃないの。あたしエレベーターに乗りたいわ」

「いけません、先生のお宅は二階ですから、階段でまいりましょう」

「ねえばあや、この建物には食堂があると聞いたわ。お稽古が終わったらちょっと行ってみましょうよ」

「いけません、ご挨拶が済んだらすぐに帰らなくてはなりませんよ」

ばあやは生真面目で固いことばかり言う。

アパートメントのエントランスにはレリーフの施された立派な丸柱があって、そこをくぐって中に入った先は、ちょっとした応接室になっていた。

「んまあ！　ばあや！　すごいところね！」

応接室の窓は木枠のガラス戸になっていて、中庭に通じている。どこもかしこもめずらしいもんで、あたしはすっかり興奮して、ガラス戸を観音開きにパアッと開けて、思わず中庭にピューッと飛び出した。

「これっ！　緋沙子お嬢さま！」

ばあやが止めるのも聞かず、あたしは中庭でくるくる回りながら、コの字形の建物全体を見渡した。空まで届きそうなくらいずらりと窓が並んで、あまりの壮観に「うわぁ」と声が漏れた。まるで別世界だ。先生のお宅から漏れてくるのか、ピアノとヴァイオリンの音色が天から降り注いできた。

「あら、可愛らしいお嬢ちゃんね」

声の方を振り向くと、断髪にワンピースという出で立ちの、いかにも職業婦人めいた女の人が立っていた。

「アンナ先生のとこの生徒さんかしら？」

その人はほっそりした指に挟んだ煙草を口元まで運び、一口吸って、すーっと煙を吐いた。あたしは煙草を吸う女の人をはじめて見た。なんだかいけないものを見てしまったようで、胸がドキドキする。

「アンナ先生は日光室にいらっしゃるんじゃないかしら？　連れてって差し上げましてよ。今日はね、ちょっとした演奏会なの」

その人に案内されて、廊下の先を歩く。

「ここはなんでもそろっているのよ。地下には大浴場でしょ、それから食堂もあるから、お台所に立つ必要もないの。洗濯室にミシン室、いまから向かうのは、屋上の日光室よ」

廊下には日が差さず、薄暗く、ひんやりしていた。けれどずらりと並んだ部屋のドアというドアには、ぱっきりした鮮やかな赤ペンキが塗られて、とてもモダンだった。偶然ドアを開けて出てきた人がいて、あたしは通りすがりにこっそり中を覗き見る。部屋に置かれた丸テーブルには、真っ白いレースのクロスがかかって、真ん中に置いてある小さな一輪挿しに野の花が活けられているのが見えた。あたしも帰りに野の花を摘んで、お部屋に飾ろうと思った。

それからあたしは、念願のエレベーターに乗ることが出来た。さっきのおねえさまが鉄でできたアコーディオン型の仕切りを開けてくれて、中に乗り込むと、ガタピシと酷い音を立てて上にじりじりと登ってゆく。ばあやは「ヒィッ」と悲鳴を上げながら、あたしの手をぎゅっと握った。なんだかばあやの方が子供みたいだった。

エレベーターが止まり、

「さあ、着いたわよ」

おねえさまはあたしを前に進ませた。

「うわあ！」

そこは打って変わって太陽がさんさんと照りつける、まさに日光室の名に相応しい場所だった。

ガラス張りの日光室の中にはアップライトピアノがあり、着物姿の女性が軽快に指を弾ませ、外国人の女性が――彼女がロシア人の先生に違いない――ヴァイオリンを華麗に弾き、それに合わせて一人がオペラ風に歌をつけていた。そこに何人もの女の人が集って、演奏に聴き入ったり、音に合わせて体を揺らしたりしている。

「ここの人たちはね、ときどきこうして、屋上に集まっているの」

その光景はあたしの目に、しっかりと焼きついた。

キラキラ光る太陽、リラックスしたみんなの顔、とびきり素敵な音楽――。

ここにいるみんなが、音楽を心から楽しんでいるのがわかった。〝音〟を〝楽〟しむってこういうことなんだと、目が覚める思いがした。

「ばあや、すごいわね、ここは天国みたいだわ」

あたしはばあやの紬《つむぎ》の袖を引っ張って、大事な秘密をささやくように言った。

あたしはそのアパートメントがすっかり気に入った。

ここに通えるなら、ヴァイオリンをパパに教われなくたっていいと思った。パパやママにお稽古をつけてもらえないのは、あたしがいらない子だからなんだと思うことをやめた。

けれどその膨らんだ期待は、すぐにぺしゃんこになってしまった。たったの三回通っただけで、あたしはアンナ先生に才能のなさを見抜かれて、「もう来なくていい」と言われてしまったのだ。

「ここへは、選《え》りすぐりの才能を持った子供たちが、三歳や四歳から通ってきます。あなたはいくつですか？」

先生は痩せて背が高く、威圧的なロシア語を響かせた。うんと高いところから見下ろされ、あまりにも怖くて半べそをかいてしまった。

「このくらいで泣く子に、ヴァイオリンを弾く資格はありません」

あたしもばあやもロシア語はさっぱりだったけど、彼女がなにを言っているかは、心にスッと入ってきた。先生が厳しい目つきであたしを見据えるもんで、恐怖と緊張でいまにも倒れそうだった。

「そんなに弱くては、どんな楽器もものに出来ませんよ。もうここへは来なくて結構です」

あたしの目から、涙がぶわっと溢れる。

それは別に、パパの期待に応えられなかったからでも、有名な先生に見切りをつけられたからでもない。ただもう、このアパートメントに来られないと思うと、しくしく泣けてしまうのだった。あの天国みたいな音楽会に二度と行けないのかと思うと、目の前が真っ暗になるように悲しかった。

あんな素敵な瞬間を、また味わいたい。

ここは天国かと見紛うような瞬間に、もう一度でいいから立ち会ってみたかった。


それからほどなくして戦争がはじまった。

うちにあったピアノは接収され、パパは戦争に行き、あたしは山形に疎開して、もちろん音楽なんて「ぜいたく」だから鼻歌すら歌えなくなって、聴こえてくるのは軍歌ばかりだった。

やっと戦争が終わって東京に戻り、焼け残った四谷のうちから、あたしは青山学院の中学部に通いはじめた。父は戦地から戻り、兄は大学の職にありついて、姉もテレビ局に受かって月給取りになった。暮らしぶりは持ち直したけれど、ピアノを奪われて以来ずっと塞ぎこんでいるママだけは、戦争の前と後で、人がすっかり変わってしまった。ばあやに暇を出したせいで、ママは慣れない家事に追われることになり、白魚《しらうお》のようだったきれいな手指がすっかり荒れてしまった。美しい音楽を作り出していたママの手が、いまでは雑巾をしぼったり、冷たい洗濯物をパンパン叩いてシワを伸ばすことに使われている。美しいものを愛していたママにとって、それはかなり辛いことだったはずだ。戦争が終わっても、うちの中に戦前の気分は戻ってこなかった。

でも、うちの外は違った。

世の中はどんどん変わっていた。進駐軍のジープが砂ぼこりをあげながら走っていくだけで、新しい時代の風が薫るようだった。

新しい時代――それはつまり、ジャズの時代がはじまったってことだ。

ジャズ！

猫も杓子《しゃくし》もジャズジャズジャズ！　ジャズ一色だ。

街にはたくましいアメリカ兵《GI》が溢れ、まぶしげな瞳であたしたちににっこり微笑みかけた。そして彼らは、「米軍キャンプの中にあるジャズクラブへ一緒に行かないかい？」と、いやにカジュアルに声をかけてきた。

あたしもお友達も話しかけられるや、頬を染めて学生鞄を胸に抱き、

「キャ――ッ」

と叫びながら一目散に逃げた。

でも逃げたあとで、

「あんた、どしてあそこで逃げちゃったりしたのよ、あたし行きたかったわ、ジャズクラブ」

「なに言ってんのよ、そっちが先に逃げ出したんじゃない」

なんて後悔しながらお互いを小突き合った。

学校を卒業するとあたしは、パパのコネでお茶の水の楽器屋で働きはじめた。

ハタキを持って楽器についたほこりをパタパタやっていると、ウインドウの向こう側には必ず、よだれを垂らしそうな顔でサキソフォーンやドラムセットに見蕩れている男子学生がいた。

「ちょっと、そんなところにいられちゃ、ほかのお客さんの邪魔よ」

いつもウインドウに張り付いている常連の顔を、ハタキで邪険にパタパタやる。

「オイやめろよ。見るだけはタダだろ？」

「こっちは商売なんですからね、見るだけでもお金とってやりたいわ」

「そんな軽口を叩いて、生意気な女だな」

「毎日毎日お店の前に立たれちゃ迷惑よ。そんなに暇ならアルバイトでもおやりなさいな。そしたらサキソフォーンなんてすぐに買えちゃうわよ」

「なにを⁉　じゃあ向こうの店で買ってもいいんだぜ？」

「あら、もしかしてお金できたの？」

「いやぁ、月賦さ」

「ちょいと、月賦でもなんでもいいけど、買うならうちにしてよね。もうふた月もそうやって店の前塞いでんだから」

「わかってるさ。だからこのサキソフォーン、ほかの奴に売るなよな」

この学生さんは明大に通っている阿久津《あくつ》さんという人で、ジャズ研究会に所属しジャズ喫茶に通い詰める、ジャズに夢中な若者の典型だ。

「あんたいつ勉強してんのさ？」

「馬鹿だな。大学なんてところは入っちまえば、あとは社会に出るまでうんと青春を楽しむとこなのさ」

「んまあ、気楽なもんね」

「その代わり社会に出たら男は地獄だぜ？　家畜みたいに働かされて、結婚なんかした日には人生おしまいさ。言うだろ？　結婚は人生の墓場って」

「減らず口言って！」

阿久津さんとはすっかり仲良くなって、ある日ジャズクラブに行こうと誘ってくれた。

「あら、うれしい！　あたしジャズクラブってはじめてなのよ」

「楽器屋で働いてるのにかい？　変な奴だなぁ」

そうして生まれてはじめて行ったジャズクラブで、あたしは驚くべきものを見たのだった。いや、聴いたというべきか——。

ジャズバンドを従えてマイクの前に立っていた女の人に、見覚えがあった。

「ねえ、あのボーカルの人……」

「ああ、スゴいだろ？　彼女、ペギーっていうんだ。今度レコードデビューすることが決まってるんだぜ。きっとあっという間にスターになるよ、あの子は」

それはたしかに、中学部で同じクラスだった女の子だった。彼女とは家が近所で、よく四谷の駅で一緒になったから、何度か言葉を交わしたこともある。たしか音大進学を目指して声楽の先生についていると言っていたけど、まさかこんなに素晴らしい声で歌うなんて、あたしは想像もしていなかった。

ステージの真ん中で、クラシック・ナンバー『ビギン・ザ・ビギン』を歌う彼女に圧倒されながら、あたしは呆然と立ち尽くして言った。

「すごいわ。みんな彼女の歌に聴き入ってる」

スポットライトを浴びて、素敵なドレスを着て、大人びた表情で歌う彼女を遠くから見ながら、いいなぁ、あたしもいつかこんなふうに、みんなの前に立ってみたいなぁと思っていた。

そのときなぜか、

――お嬢さま、ひがんじゃ駄目ですよ。

ばあやの声が耳に蘇ったのだった。

やあね、ひがんでなんかないわよ、あたし。本当よ。

――あらそうですか。それならいいですけど。

ばあやの笑みをふくんだ声が聞こえる。

――緋沙子お嬢さまは大器晩成型ですからね。

でも、あたし、じきに二十歳よ？

二十歳を過ぎたら女なんか、お嫁に行くだけじゃない。

だから大器晩成型の女なんて、よく考えたらおかしな話だ。そう思って、ククッと笑ってしまう。

「なんだよ、気味悪いな」

阿久津さんが眉を顰《ひそ》める。

「ごめんなさい。だって、これからスターになる彼女に比べたら、あたしの人生なんて、あとはお嫁に行くくらいしかないじゃない。そう思うと、なんだか悲しくって」

「悲しいのに笑うのかい？　ますますおかしな奴だな」

「違うのよ。あたし、自分の人生はこれからだわって、ずっとそう思ってたの。でも、じきに二十歳でしょう？　二十歳を過ぎてしまえば、きっとなにもかもあっという間なんでしょうね。そう思うと、なんだか可笑しくなったの」

「……いくら長生きしても、最初の二十年こそ、人生のいちばん長い半分だ」

「なあに？　それ」

「イギリスの詩人の言葉さ」

「どういう意味？」

「多感な年頃は時間がうんと長く濃密に感じられる、そしてそんな時間こそが、その人のすべてなのだ。そういうことじゃないかな」

「困るわ、そんなの！　だってあたし、まだなにもしてないもの。なんにも成し遂げてないもの」

　ジャズの音量に対抗するみたいに、あたしは一際大きな声を出した。

「おいおい、急にどうしたんだ。嫁に行くのが嫌なのかい？」

「そうじゃないわ」

「もらってくれる人がいないとか？」

阿久津さんは、ちょっと冗談めかしてつづける。

「きみみたいなお転婆じゃ、男の方が逃げて行くだろうね」

「ひどい」

「まあ、売れ残りになる前におれに泣きついてきたら、もらってやらないこともないがね」

「そんなお気遣いなさらなくって結構よ！　阿久津さんは、たった一人の大事な男友達なんですから」

「ちぇ……ただの友達か」

そこで演奏が終わり、一斉に拍手が沸き起こった。

あたしは歌い終わったペギーに向かって、精一杯の拍手を送った。手が真っ赤になるほど強く、腕を高く高く上げて。みんなの拍手が尻すぼみになっても、あたしはずっとずっと彼女に、拍手を送りつづけた。


それからエルヴィス・プレスリーが人気になってロックンロールというものが現れ、あたしはジャズからすぐさまロックに鞍替《くら が》えして、阿久津さんから「この裏切り者！」と罵られたりした。

ビートルズが来日すると、ジャズの時代が終わってあっという間にグループサウンズの時代が来た。あたしは勤めていた楽器屋から音楽系の出版社に移り、売り子から編集者になっていた。同世代の女性が音楽雑誌の編集長を務める中、あたしの仕事は「楽譜」を作ることで、それは大変に地味な作業だった。灰色のスチール机に一日中張り付いて電話を受けたり、写植屋さんを行ったり来たり。そんな暮らしの中であたしは、すっかりGSに夢中になって、とりわけザ・スパイダースの井上順の虜になった。三十歳を過ぎたオールドミスが、年下のアイドル歌手に十代の娘のように熱狂するなんてと、みんなにさんざん嘲笑われた。あたしはどうやら人に嘲笑われる運命にあるらしい。ピアノが下手だとさんざん馬鹿にされたころと、なんにも変わっていないわけだ。

とりわけ阿久津さんなんかは、

「そんなちゃらちゃらしたアイドルに入れあげるなんて、見損なったよきみ」

と、大真面目な顔で説教しに、わざわざやって来るのだ。阿久津さんは三年前に、上司の娘さんとお見合い結婚していた。

「なによ、そんなこと言いに呼び出したの？　奥さんのある人が独身の女を喫茶店に誘うなんて、勘違いされたらどうすんのよ」

「こっちは夫である前に一人の人間だよ。お茶を飲みたい相手がいれば好きに飲むさ。それにね、きみといるところを見ても、誰もいかがわしい現場だなんて勘違いはしないよ。きみは丸っきり行き遅れのオールドミスだからね、せいぜい外回りの途中にバッタリ会った会社の事務のオバサン、ってなとこだろうよ」

「またそんな減らず口！」

阿久津さんとは、いまでもときどき顔を合わせることがあるけれど、就職を機にすっかりジャズをやめた阿久津さんからすれば、「音楽なんてものは所詮、若者の暇つぶし」ということになっていて、あたしの井上順への情熱をただただ馬鹿にしてくるのだった。

「きみもいい加減結婚しろよ」

「そうね、そのうちね」

「そのうちってきみ、もう三十も過ぎて、そろそろクリスマスケーキの売れ残りから十年経つんじゃないのか？」

「余計なお世話よ」

「その余計なお世話をしてやろうっていうんじゃないか。うちの課にちょいといい男がいてね。仕事も出来るし健康そのもの、俺とは違っていまでもジャズをよく聴いてね。理系なんで、オーディオをいじるのが好きとか言ってたな。どうだい？　きみにピッタリだろ？」

それであたしは、阿久津さんの紹介でその人と会うことになった。

年はあたしの一つ下（きみは井上順なんかに夢中なんだから、年下でも気にはしないだろ？）。背はあたしよりも少し高いくらい（井上順だってこんなもんだよ）。

阿久津さんに引き合わされたその人とは、よく会社帰りに名曲喫茶に立ち寄った。あたしが「井上順が好き！」と言っても、せせら笑ったりしない鷹揚《おうよう》な人だった。

「緋沙子さんはきっと気が若いんでしょうね」

「あら、どして？」

「普通は音楽というと、みんな青春の時分に熱中したものに固執するでしょう？」

「そうね、阿久津さんも、若者の暇つぶしなんて言い方してたわ」

「きっと悔しいんですよ。会社で働き出すと、ゆっくり腰を据えて音楽を聴く時間もなくなるし。下手に好きでいると、ストレスになってしまうんじゃないかな」

「だったらいっそ仕事だけして、なにも聴かない方がマシ、ってこと？」

「男は融通が利かない生き物ですからね。不器用なんですよ。それにプライドも高い。一方女性は享楽的だ。阿久津さんにしてみれば、昨日はジャズ、今日はロカビリー、明日はグループサウンズなんて、蝶のように次から次へと移っていける緋沙子さんがうらやましいんですよ」

「それであんな皮肉ばかり言うのね」

「そういうことですよ」

あたしはその人と遅い結婚をして、仕事を辞め、家庭に入った。子供は男の子が一人。それからの十年間は丸々子育てに追われて、子守唄を歌ったり童謡を聴かせたりがせいぜいだった。息子が十三歳になった一九八一年、最後の日劇ウエスタンカーニバルに、解散していたザ・スパイダースが出演すると聞き、あたしは無理を言って夫とともに出かけた。四十八歳のおばさんが最前列に陣取っているのを見て、「まるで関係者みたいだな」と夫は可笑しそうに言った。

あたしはその最前列から、タンバリンを叩く順に向かって、思いっきり紙テープを投げた。四十肩のせいで思うように肩が上がらなくて、紙テープは順に届かず、ステージの手前でぽとりと落ちた。あたしはちょっと泣いた。


栄枯盛衰とはよくいったもので、誰かが天下を獲って輝かんばかりの季節がしばらくつづくと、時とともにそれは花がしおれるように下火になって燃え尽き、でもすぐさま新しいスターがちゃんと現れて次の時代を作っていった。

　というわけで、ザ・スパイダース解散後、長らくあたしの心にぽっかり空いていた穴は、ＹＭＯによって埋められることとなった。

　あたしの一九八〇年代後半はＹＭＯ一色だった。でも、好きになったときにはすでに彼らが「散開」したあとだったから、過去の思い出の断片を拾い集めるように、古本屋でＹＭＯが載った雑誌をあさったり、数年前のレコードアルバムを聴き込んで、たぎる心を慰めるのだった。

　買ってきた古雑誌から坂本龍一だけを切り抜いていると、

「母さんなにやってんだよ！　そんなことしたら価値がなくなるだろ？　ＹＭＯは三人でなくちゃ意味がないんだよ。だいたいＹＭＯは細野晴臣あってこそなのに！」

　十代の息子は生意気ばかり言って、あたしのことをすぐ馬鹿にする。

「だってこの写真の坂本龍一、あんまりカッコイイんだもの」

「ったく、母さんはほんと軟派だな」

「んまあ、軟派じゃ悪い？」

　家事を終えた夜中、テレビを流しながらＹＭＯのスクラップを眺めるのが密かな楽しみなのに、大学生になった息子がテレビの深夜番組目当てにリビングに降りてきて、すぐこうやって水を差してくるのだった。

「もーあんた、アルバイトでもして自分の部屋にテレビ買いなさいよ」

「なんだよそれ、部屋にテレビがあったら、家族団らんが出来なくなるだろ？」

「減らず口ばっかり！」

息子が夢中になって見ているのは、素人のバンドが出場するバトル形式のコーナーだった。

「これいまスゲエ流行《はや》ってんだぜ」

「へぇ」

「オレもいま大学の友達とバンド組もうって話してるんだ」

「へぇ、バンドねぇ」

「やっぱり買うならギターかな。でもベースもカッコイイな」

「あら、楽器買うならあたしに言ってよ。母さんが昔働いてたお茶の水の楽器屋、紹介するから」

「えっ⁉　母さんて楽器屋で働いてたの⁉　そんなの初耳だよ」

「あら、言ってなかった？」

息子とそんな話をしていると、テレビから不思議な歌声が流れてきた。あたしはハッとして、胸ぐらをつかまれたようにブラウン管に目を向ける。そこにはマイクの前に立ち、あどけないポーカーフェイスで歌うボーイッシュな女の子の姿があった。

「ねえ、この子誰？」

「さあ、知らない。オレもはじめて見た。初出場って書いてあるだろ？」

息子はいつもの突っかかるような言い方だ。

「なんて名前かしら？」

「ジッタ……リン……ジン？　変な名前だな」

「変な名前ね」

変なのは名前だけじゃなくて、楽曲の方もだった。

空まで突き抜けそうにまっすぐな蒼い声。

十代ならではのはやる呼吸みたいなツービート。

その日あたしは、スゴいものを目撃したのだった。

それはこれまでに聴いたことのない音楽で、リズムも、ボーカルの女の子の声も歌い方も、歌詞も、なにもかもがとてつもなく斬新で、新鮮だった。少年のように飛び跳ねて歌う無表情なボーカルに、あたしはほとんど恋をする勢いで魅了された。曲が演奏されるわずか数分間、あたしは自分の年も忘れて、十代の少女のように胸をドキドキさせた。

好景気がピークを迎え、バブルがはじけて世の中のムードもすっかり変わり、九〇年代は次から次へといろんなミュージシャンが現れては消え、現れては消えて行ったけれど、ジッタリン・ジンほど「スゴい！」と思わせてくれるバンドは現れなかった。そして息子が就職して結婚して、孫が二人生まれたころ、久しぶりに「これは！」と思う音楽に出会った。モーニング娘。の『LOVEマシーン』である。

本当に不景気を吹き飛ばしてくれそうな、景気のいい歌詞とメロディ、歌って踊る若い女の子たちの儚《はかな》い輝き。あたしはすぐに虜になった。

この十数年は、

「モーニング娘。のファンなの？　わたしもよー」

という共感から、

「え、モーニング娘。？　いまさら？」

というネガティブな反応へと転落し、さらにここ最近は、

「モー娘。いままたキテるんだって？」

というリアクションに乱高下を繰り返している。

月日はあっという間に流れていくことの、いい見本のような話だ。

本当に、なにもかもがあっという間に過ぎ去っていく。

流行り音楽は、ただそのことだけを表現しているんじゃないかとすら思う。音楽は時代に

色を与え、次の時代の音楽がそれを塗り替えてゆく。

　そんな移り気なものに、夢中になったり、ちょっと飽きたり、冷めたりしているうちに、気が付くとあたしは七十五歳になっている。父も母も、兄も姉も、ばあやも、そして夫も、もうこの世にはいない。いるのは息子とお嫁さんと、あとは孫だけだ。

　その孫がある日、レコードプレーヤーを買ってきた。

「懐かしいじゃないかい、レコードプレーヤーなんて。しかも二つも！」

「プレーヤーじゃないよ」

「じゃあなんだいこれ？」

「ターンテーブル」

「なんだい？」

「ＤＪが使う機材だよ。まあ、楽器みたいなもん」

「楽器⁉　これがぁ⁉」

「そう。このターンテーブル二つの間にミキサーを置いて、アンプ内蔵のスピーカーから音を出すんだ」

「……で、なにを演奏するんだい？」

「演奏はしないよ。レコードをかけて、いい感じに次の曲につなぐんだ」

「なんだ、レコードをかけるだけかい」

「でもそれが難しいんだぜ？　途切れないようにスムーズに曲をつないでいかなきゃならないし、みんなの気分に合ったものをその場でセレクトするんだぜ」

「おばあちゃんよくわからないよ」

「とにかく、いい感じにレコードをかけるんだ」

「いい感じに？」

「そう、いい感じに」

張り切って買ったくせに、うちの孫ときたらすぐに挫折して、機材一式はろくに使われることもないまま、ほこりをかぶるようになってしまった。

「もったいないねぇ、せっかく買ったのに」

見かねてカルチャースクールに問い合わせると、「DJ講座」というのを紹介され、あたしはさっそく行ってみることにした。

カルチャースクールにはたくさんの講座があって、あたしはそれまでもいろんな授業を受けていたけれど、DJのにいちゃんの授業は本当に人気がなくて、回を重ねるたびに出席者が減っていった。仕方のないことだ。年をとるとみんな詩吟とか、そういう渋いものに興味を引かれるものだから。

でもあたしは講師のにいちゃんが若くてハンサムなのが気に入ったし、好きなレコードをかけてみんなに聴いてもらうことにもわくわくした。けれど三回目の授業で、ついに出席者があたし一人となり、講座は打ち切りになった。一人しか受講しないのに教室をあてがうわけにはいかないから。DJのにいちゃんは落ち込んでしまった。

「気にしなさんな。じーさんばーさんは新しいものが苦手なんだよ」

とあたしが励ますと、

「あ、どうも」

にいちゃんはぶっきらぼうに礼を言った。

「にいちゃんが聞かせてくれるピコピコした音楽、あたしは好きだよ。ほら、このあいだの、ロボット二人組とか」

「ダフト・パンクっすね。ああいうの、興味あるんすか？」

「あるね。あるある。あたしは根っからの新しもの好きなんだよ」

DJのにいちゃんとは仲良くなって、今度クラブでイベントをやるから遊びに来てよと誘ってくれた。あたしは「行く行く」と二つ返事で、生まれてはじめてクラブというところに出かけ、衝撃を受ける。まさに地下世界といった暗くきらびやかな空間には、五臓六腑《ごぞうろっぷ》に響く大きな音で音楽が止めどなく流れ、みんな陶酔したように体を揺らし、歓喜を表現していた。

ああ、これはあれだ、とあたしは思った。

あの日大塚のアパートメントで見た、あの光景とおんなじだ。

音楽に合わせてみんなが思い思いに楽しむ、あの感じ。

内緒の場所で開かれる、愛好者だけの密やかな集まり。

そこに集う人たちが見せる、親密な一体感。

ダンスフロアの真正面で音楽を奏でていたのは、たしかにＤＪのにいちゃんだけど、楽器を弾いているわけじゃない。それなのにこの場所の主《あるじ》は間違いなくＤＪで、彼はヘッドフォンを耳に当てながら、ひとつなぎの壮大な音楽を奏でているのだった。

あたしはすぐさま、ＤＪのにいちゃんに個人指導をお願いした。うちにある孫の機材を使って教えてくれ、あたしもいつか、あんたみたいにクラブで演奏してみたいんだと熱弁をふるって。

そうして何年もかかって基礎的な技術を叩き込んでもらい、八十歳になった今日、あたしは生まれてはじめてクラブのＤＪブースに立つ。

「ねえ、一人、呼びたい人がいるの」

「もちろんいいっすよ。チケットどんどん売ってくださいよ、緋沙子さん」

あたしはもう何十年も会っていなかった阿久津さんに葉書を出して、「あたしの生前葬だと思って来てちょうだい」とお願いした。返信は阿久津さんの家族が寄越した。阿久津さんは何年か前に脳梗塞をやって、体が不自由になっているそうで、その介護をしている家族はあたしの誘いを「非常識だ」と受け取ったらしかった。

けれど阿久津さんは来てくれた。

車椅子に乗って駆けつけてくれた。

家の外に出るのは、二年ぶりだという。

阿久津さんは麻痺の残ったおぼつかない口を、精一杯動かした。

「いい年して、こんな子供に交じって音楽やるなんて、みっともないなぁ」

「なにさ、好きでやってんだからいいじゃないのさ。とっても楽しいのよ」

「お前サングラスなんかかけて、そんなんで前が見えるのか？」

「あんまり見えないの。でもＤＪなんだから、カッコつけなくっちゃ」

「……お前、女のくせにジャズが好きだったし、オールドミスだったし、いきなりスパイダースが好きになったり、ほんと変な奴だったよな。だけどまさか、ここまで変な奴だとは思わなかったぜ」

阿久津さんは、ショボショボと縮んだ目に、いっぱい涙をためながら、相変わらずの減らず口をきく。あたしはそれがうれしくて、「ウフフ」と笑ってしまうのだった。

「こんな大勢の前で、ヘマするなよ、カッコ悪い」

「まあ見てなさいって」

あたしはDJブースに入ると、ヘッドフォンをつけ、最初のヴァイナルにそっと針を落とす。

ジャズのスタンダード・ナンバー『イン・ザ・ムード』から、スパイダースのデビュー曲『フリフリ』に大胆カットイン、そこからYMOへつなぎ、盛り上がってきたところでジッタリン・ジンをかけ、さらにモーニング娘。とたたみかけて、最後はクラシックのピアノ曲でまとめ上げる「マイ音楽史」スタイルだ。ところどころに四つ打ち系を挟んで、〝客に目配せ〟するのも忘れない。タイミングが一拍遅れたり、途中で曲が途切れるという痛恨のミスもあったけど、なんとかみんな最後まで踊ってくれた。拍手もくれた。

フ――――ゥ

イェ――――ッ

ヒサコォォォ――――

そんな掛け声が飛び、ピューイと指笛まで鳴らされた。

「ヤベェ最高！　デビューにしちゃ上出来だよ緋沙子さん!!!」

ＤＪのにいちゃんが握手を求めてきた。

握手に応えると、にいちゃんはあたしを抱き寄せて、背中をパシパシと叩いた。

孫ほど若いＤＪのにいちゃんに肩を抱かれながら、あたしは興奮でわけがわからなくなっていた。太陽をたくさん浴びたような、マラソンを走りきったような、プールで力尽きるまで泳いだような、そんなえも言われぬ満足感に、心も体も満たされているのを感じていた。

フロアで思い思いに踊るお客さんの様子を眺めていると、あたしの脳裏にふっと、大塚のアパートメントの屋上で見た、あの天国みたいな光景の感触がありありと蘇ってきた。

けれどあたしは頭を振ってその記憶をかなぐり捨てる。

あたしは思い出に耽溺《たんでき》なんかしない。

前へ前へ進む。

あたしは大器晩成型だから、その分先は短いもんで、過去に浸ってる時間なんてないのさ。

雨宿りの歌　あさのあつこ

ATSUKO ASANO

「バッテリー」で野間児童文芸賞、「バッテリーII」で日本児童文学者協会賞、「バッテリー」全六巻で小学館児童出版文化賞、「たまゆら」で島清恋愛文学賞を受賞。最新作は『かわうそ　お江戸恋語り。』。

傘を持っていないときに限って、雨に降られる。

昔からそうだった。

わたしが、あれを見たのは小学校四年、十歳のときだった。だからもう、二十年近く過去のことになる。

ああ、そうなんだ。あの日からもう、二十年も経《た》つんだ。早いなあ。二十年か。いつの間に、そんなにたくさんの時間が過ぎ去ったんだろう。

あの後、わたしが十歳で、小学生で、あれを見てしまった後、時間は粘着質のどろどろした廃油のように黒く淀《よど》んで、少しも前に流れて行かなかった。十歳のわたしは、その粘り気に足をとられ、身体《からだ》の自由を奪われ、身動き一つできない心持ちになっていたのだ。

昔の……二十年近くも昔のことだけれど。

じゃあ三十を前にした、今のわたしが、自由で思うがままに生きているかと問われたら、とても「はい」とは答えられない。

今でも重い。

手にも足にも枷《かせ》をつけられているみたいだ。

わたしは立ち止まり、空を見上げた。

一時間ほど前、会社を出たときは薄雲が広がり、その雲の合間から青色が覗《のぞ》いていたはずの空の大半が、濃灰色の雲に覆われていた。ところどころは腫れ物のように盛り上がって、ほとんど黒に近い色合いになっている。

あ、くるかも。

ポツン。ポツン。ポツン。

水滴が額と頬と唇に当たった。

雨が降り出した。傘は持っていない。

雨とも傘とも無縁だと思うけど、唐突に、賑《にぎ》やかな笑い声がよみがえってきた。職場の同僚のものだ。

「水原《みずはら》さんって、ちょっと暗過ぎない」

「暗いっていうか、地味、だよね。目立つのが嫌みたいで」

「嫌もなにも、あれじゃ目立ちようがないでしょ」

「華絵《はなえ》って、名前だけは華やかなのにねえ」

「古臭いけど」

「言えてる、言えてる。おまえは明治の伯爵令嬢かってツッコミ入れたくなる、名前よねえ」

「あははは、そのツッコミ、最高」

「はい。〝いいね！〟一つ、カウントしました」

どっと笑い声が起こる。

トイレのドアの向こうから、その声が響いて来る。

わたしは、便器に座ったまま息をひそめていた。

昨日から、体調が悪かった。

吐き気がして、熱っぽかった。頭の隅が鈍く疼《うず》いてもいた。

職場は、この市では中堅どころの建設会社だ。地方都市の中小企業のご多分に洩《も》れず、業績は芳しくない。倒産のうわさは今のところ耳にしないが、わたしが知らないだけかもしれない。

倒産までには至らなくとも、ある日突然に解雇される可能性はあった。実際、五十代の管理職数人が、この春、定年を待たずに辞めて行ったのだ。

体調不良を理由に休むなんてとんでもない。

そんな雰囲気が、社内に漂っている。

わたしは無理して出社し、午前中、何とか仕事をこなしたものの、昼あたりから、どうしようもなく気分が悪くなった。

トイレで少し吐いて、その分楽になり、早退すべきかもう少し頑張るべきか考えていたとき、同僚の笑い声を聞いたのだ。

水原さんって、ちょっと暗過ぎない。暗いっていうか、地味、だよね。目立つのが嫌みたいで。嫌もなにも、あれじゃ目立ちようがないでしょ。華絵って、名前だけは……。

あぁ、同じだなあ。

ぼんやりと思う。

わたしは、大人になっても、変わっていないんだ。中学のころと、高校のころと、同じだ。

ねえねえ、水原ってフンイキ、サイテーじゃね。

淀んでる。淀んでる。あんまし近づきたくないし。

人生楽しくないオーラ、出まくりだよね。

しょうがないの、それ。水原さん、可哀《かわい》そうなんだから。

え？　可哀そうって？

あれ、知らなかった？　水原さん、呪われてるってうわさ、あるでしょ。あれ……ほんと、知らなかったの。そっか、みんな、小学校が違うから、ね。

ちょっと、なに。おもしろそうじゃん。教えてよ。呪われてるって、どーいう意味よ。

うーん、あたしも他人《ひと》から聞いたんだけどさ……。

クラスメートたちの会話が、耳の底から滲《にじ》みだしてくる。あのときは、廊下に佇《たたず》んで聞いてしまったのだ。放課後、忘れ物を取りに戻ったのに入るに入れず、結局、足音を忍ばせて、教室から遠ざかるしかなかった。

わたしは、どうやら、自分のうわさ話を耳にするように生まれ付いているようだ。

ポツン、ポツン、ポツン。

雨粒の落ちてくる間隔が、しだいに短くなる。間もなく、本格的な降りになるだろう。


傘を持っていないときに限って、雨に降られる。

昔からそうだった。


雨宿りはしたくない。

雨宿りは嫌いだ。

また、あれを見つけてしまう気がして、ぞっとする。もう二度と嫌だ、あんな経験。

「水原さん、今日は早退しなさい」

トイレを出て（同僚たちがいなくなるまで、待っていたのでかなり時間をくってしまった）、席に戻るやいなや、岡部《おかべ》さんから言われた。

「顔色が真っ青じゃない。気分が悪いんでしょ」

「あ……はい。でも、だいぶ落ち着きましたから……」

「落ち着いたって顔じゃないわね。そんなんじゃ仕事はできないでしょ。帰りなさい」

「でも……まだ、資料の整理ができてませんから。それを終わらせてからにします」

岡部さんは、眼鏡を押し上げ、パソコンの画面に視線を走らせた。

岡部真智子《まちこ》主任。わたしの直属の上司だ。中肉中背のわたしより背が高く、細い。いつも、仕立ての良いスーツを着こなして、薄いけれどきちんと化粧をしている。お酒も飲むが、酔ったところは見たことがない。夜、どんなに遅くまで仕事をしていても、朝は誰より早く出勤している。これで、三人の娘の母親だというから、驚きだ。岡部さんといると、〝スーパーウーマン〟という存在を実感する。

社内には、岡部さんに憧れている女性社員が大勢いた。久未《くみ》ちゃんもその一人だ。

「あたし、これからの人生、岡部主任を目指します」

去年、入社したばかりの久未ちゃんが一月の新年会の席で、わたしに宣言した。ビールのせいで真っ赤な顔をしていたけれど、眼《め》は真面目だった。

「ぜーったい、目指します。打倒、岡部」

「目標にするのに打倒しちゃまずいでしょ。久未ちゃん、ちょっと酔ってる？」

「酔ってます。酔ってなきゃ、こんな宣言できませんもん。でも、水原先輩、あたし、本気ですからぁ。本気で、主任を目指すんですからぁ。覚悟しといてくださぁい」

「はいはい、何の覚悟かわからないけど、一応、しときます」

わたしは笑いながら、久末ちゃんのグラスにビールを注いだ。

久末ちゃんは、わたしを厭《いと》わない。どうしてだか、近寄ってくる。背はそう高くないけれど、均整のとれた身体付きで、愛らしい顔立ちをしていた。小さな薔薇《ばら》のようだ。

小さな薔薇の久末ちゃんが傍《そば》にいると、わたしのくすんだ色合いが余計に際だつだろう。でも、気にはならない。そんなことを一々気にしていた時期は、十代の終わりからせいぜい二十一、二まで。もう、遠く過ぎてしまった。

久末ちゃんは、岡部主任を目指しているが、いつか、可愛《かわい》らしい花嫁になってどこかふわふわした優しい世界の住人になるんじゃないか。薔薇には、手入れの行き届いた綺麗《きれい》な庭が相応《ふさわ》しい。

わたしは、何となく、そんな風に感じている。

さっき、トイレでの笑い声の中に久末ちゃんのものはなかった。それが、わたしに柔らかな安堵《あんど》感を与える。

もっとも、人の耳は当てにならない。自分の聞きたいものだけを拾い、聞きたくないものを弾《はじ》いてしまう。

それはきっと、人が生きていくうえで必要な能力なのだろう。でも、一生、聞きたくないものから耳を塞《ふさ》ぎ、見たくないものから目を逸《そ》らして生きる。そういうのって、可能なんだろうか。

「資料、ほぼ、出来上がっているわね」

岡部さんが、わたしを見やる。

「はい。後は概算渡しの額を先月比で割り出して、各部門別に請求金額と支払金額を確認するだけです」

「そう。船村《ふなむら》さん。ちょっと」

岡部さんに呼ばれ、久未ちゃんが立ち上がった。

「はい、何でしょうか」

「明日の会議の資料、水原さんが九割方仕上げているから、後を頼むわ。データをあなたのPCに送るから」

「ええっ！」

「な、何ですか。その大声は」

「明日の会議って、御前《ごぜん》会議じゃないですか」

「また、そんな言い方をする。明治時代じゃないんだからね。全体会議と言いなさい。全体会議」

月に二度、行われる全体会議には、主任以上の管理職全員が出席する。むろん、社長もだ。社員たちが、御前会議と呼ぶのは、そのためだった。

「そんな重要な会議の資料を、あたし、作れるでしょうか」

「だから大半は、水原さんがやってくれてるの。もちろん、わたしもちゃんとチェックします。そんなに、びくつくほどのことじゃないでしょ。水原さんは体調が良くないから、これから早退します。あなたがやらないと、水原さんに負担がかかるのよ。わかった？」

「は、はい。やってみます。頑張りますから」

妙にぎくしゃくした足取りで、久末ちゃんが自分の席に戻っていく。途中でつまずいて、たたらを踏んだ。

岡部さんが、くすっと笑った。

「ほんと、おもしろい子ね。でも、やる気だけはあるみたいね」

「はい」

何しろ、打倒岡部主任ですから。

胸の中で呟《つぶや》いてみる。

「じゃあ、後はやる気のある後輩に託して、あなたは、さっさと帰りなさい。こじらせると、当分、会社を休まなくちゃならなくなるわよ。調子の悪いときは、さっさと切り上げる。これが、長く仕事を続ける秘訣《ひけつ》の一つよ。わかった？」

「はい」

「傘、持ってる？」

「いいえ。持っていませんけど……」

「わたしのを貸してあげるわ。持って帰りなさい」

「え？　いえ、大丈夫です」

岡部主任の後ろは窓だ。よく磨かれた一枚ガラスの向こうに広がる空は、薄雲から青の色が透けて見えていた。

「天気予報によると、午後から、お天気が崩れるそうよ。水原さん、駅を降りてから十五分ぐらい歩かなきゃいけないんでしょ」

この人は、部下一人一人の通勤経路や手段まで、頭に入れているのか。

驚いてしまう。さすが〝スーパーウーマン〟だ。並みじゃない。

「大丈夫です。いざとなったら、タクシーを使います」

「そうね。それがいいわ。あまり無理をしないように」

「はい。ありがとうございます」

「雨……降らなきゃいいけど」

岡部さんが身体をねじり、窓の外に目をやる。心なしか、雲が厚くなったようだ。

岡部さんに頭を下げたとき、あの歌が聞こえた。

雨宿り、雨宿り
雨が降ったら、雨宿り
ぼくもわたしも雨宿り
「えっ」

小さく叫んでいた。

「え？」

岡部さんが身体を戻し、首を傾《かし》げる。

「どうかした？」

「あ、いえ……」

口の中の唾《つば》を飲み込む。微《かす》かな苦味を覚える。

今の歌、雨宿りの歌だ。

歌ったのは、岡部さん？　でも、どうして岡部さんが歌えるの？　あの歌を知っているのは、わたしと……。

「あの、主任……」

「水原さん、早く帰りなさいって。ほんと、顔色、悪いわよ。早退届けは、明日書けばいいから」

岡部さんのデスク上の電話が鳴る。

「はい、岡部です。あ、どうも。先日はお取引をありがとうございました。ええ……はい、あの件は既に、上に回してあります。二、三日中に、確かなお返事ができますので。ええ……もちろんです。その点につきましては、弊社といたしましてもまったく異存はございません。ええ……そうです」

わたしは岡部さんに向かって、もう一度、頭を下げた。

カバンを手に部屋を出る。ドアのところで振り向くと、ちょうど顔を上げた久末ちゃんと眼が合った。

久末ちゃんが、パクパクと口を動かす。餌をねだる鯉《こい》のようだ。

お・だ・い・じ・に。

わたしは軽く会釈を返し、背を向けた。

K市の外れに、1DKのマンションを借りている。会社までの通勤時間は、約四十五分。乗り換えなしの電車一本で通えるのがありがたい。最寄りの駅から家までやや遠いのが難点だが、その分、静かで騒音に悩まされることは、まずない。

ここから、車で十五分走れば、生まれ故郷の町に着く。K市より一回り小さな、これといって特徴のない田舎町だ。トマトの出荷量は全国有数だと習った覚えがある。

もう長いこと帰っていない。

最後に帰ったのは、父の三回忌のときだ。だから、三年も前になる。

父が不意の病で亡くなった直後は、家に帰って来いだの、早く結婚しろだのとわたしを急《せ》きたてていた母も、このところ何も言わなくなった。電話をかけてくることさえ、稀《まれ》になった。諦めたのか、見限ったのか、兄嫁が優しい人だから、孫に囲まれた穏やかな暮らしを満喫できているのか。

あるいは、わたしが帰らない理由を母なりに察して、そっとしておこうと決めたのか。

どうだろう。

わからない。

肉親であっても、恋人であっても、親友であっても、人の心はわからない。自分自身の心さえわからない。そこにどんなものが潜み、うずくまっているか、誰にも見通せない。

「ねえ、華ちゃん、あなたは幸せになれるわよ。わたしには、わかるの。大人になったら、華ちゃんは、たくさんの幸せを手に入れるはずよ。うん、おばさんには、華ちゃんの幸せそうな姿が、ちゃんと見えているもの」

あの人は、どうしてあんな科白《せりふ》を口にしたのだろう。口にしながら、どんな気持ち、どんな想《おも》い、どんな心を抱いていたのだろう。

わからない。

わからない。

わたしは、何にも知らないのだ。

ポツン、ポツン、ポツン、ポツ、ポツ、ポツ……。

雨粒が次々に落ちてくる。

岡部さんの傘を借りておけばよかった。駅からタクシーに乗ればよかった。歩いて帰ろうなんて思わなければよかった。

後悔ばかりだ。

あのとき、雨宿りなんかしなければよかった。

傘を持っていないときに限って、雨に降られる。

昔からそうだった。

遠くで雷が鳴った。

反射的に見上げた空から、雨が落ちてくる。からからに乾いた地面で弾け、不揃《ふぞろ》いの文様を残す。

「うわっ、雨だ」

華絵は背中のランドセルを揺すり上げた。あいにく、傘を持っていない。そんなものが要るとは考えもしなかった。学校を出たときは、空はからりと晴れて初夏と呼ぶには激し過ぎる、暑過ぎる日差しが注いでいたのだ。学校の置き傘は、小学校の入学式で配られた安全傘で、蛍光色の黄色をしている。ぶらさげて歩くのは、ちょっと恥ずかしい代物だった。

四年生になったころから、恥ずかしいものが増えた。

野暮ったい服が恥ずかしい。

サイズの合わない上着が恥ずかしい。

先生に指されて、ちゃんと答えられなかったことが恥ずかしい。

運動会のリレーでバトンを落としたのが恥ずかしい。

給食のシチューを零《こぼ》したのが恥ずかしい。

三年生までは、まったく感じなかった羞恥《しゅうち》がどっと押し寄せてくる。蛍光色の黄色い傘なんて、恥ずかし過ぎる。

雷の音が近づいて来る。

どうしようか。遠回りをしたから、家に帰りつくまでにいつもより時間がかかる。ずぶ濡《ぬ》れになるだろうか。

母の憲子《のりこ》は綺麗好きで、華絵や三つ年上の兄の尚也《なおや》が汚れることにも、汚すことにもひどく神経質になる。ときに、激しく声を荒らげたりもした。

びしょびしょに濡れて帰ったりしたら、どれほど憤るか。想像しただけで、気が重くなる。

遠回りしたのには、わけがある。

四年二組のクラスメートが夏風邪に罹《かか》り、週明けからずっと休んでいた。そのクラスメートに学校からのお知らせや宿題のプリントを届けるため、だった。

「水原さん、ちょっと遠回りになるけど、城崎《しろさき》くんにプリント、届けてくれないかな。あっちの方面に帰るの、水原さんしかいないの」

担任の女教師から頼まれたとき、華絵は即座に「はい」と返事をしていた。大きくうなずいてもいた。

「助かるわ、ありがとう」

担任がそっと華絵の頭をなでた。

嬉《うれ》しかった。

担任に褒められたからではない。城崎賢哉《けんや》の家に寄れるからだ。賢哉は四年生になって初めて、同じクラスになった。

あまり丈夫でないのか、他の男子のように騒いだり、駆けまわったりしない。いつも、もの静かで、大人びて見えた。

思索的という言葉を知るのはずっと後になってだが、十歳の華絵は、同い年の少年の内に知性の輝きを感じ取っていた。

その賢哉にプリントを届けられる。もしかしたら、顔を合わせられるかもしれない。話ができるかもしれない。

弾む心を抑えながら、華絵は賢哉の家を訪れた。

玄関に出てきたのは、華絵が想像していた母親ではなく、中学生だろうか、すらりと背の高い、肩甲骨のあたりまで伸びた髪が艶《つや》やかな少女だった。少し、気圧《けお》される。

「あれ、水原さん」

少女の後ろから、賢哉の顔が覗く。

「プリントを届けに来てくれたんだって」

少女がふっと笑んだ。笑うと、どことなく賢哉に似ている。姉なのだろう。

「え、わざわざ？　こっちだと、遠回りなのに」

あ、城崎くん、あたしの家の場所、知ってるんだ。

胸の底がわくっと動いた。

「うん……。でも、いいの……。たいして遠回りじゃないし」

「ありがとう。来週からは学校にいけるって」

「ほんと、よかったね」

「うん。でも、熱がいっぱい出て、たいへんだった」

そう言われれば、賢哉の頬が少しこけている。

「へぇ、賢哉にこんな可愛いガールフレンドがいたんだ」

「そんなんじゃないよ。姉さんは、すぐ、からかうんだから」

「あら、違うの？　水原さんって、時々、賢哉の話に出てくる子でしょ。ほんと、可愛いわね」

「姉さん！」

顔が火照る。熱い。

きっと、真っ赤なみっともない顔になっているだろう。

ろくに挨拶《あいさつ》もしないで、玄関を飛び出した。

赤い顔が恥ずかしい。

ガールフレンド、その一言が恥ずかしい。

賢哉は少女を「姉さん」と呼んだ。兄を「お兄ちゃん」と呼ぶ自分の幼さが恥ずかしい。

恥ずかしさに煽《あお》られるように、華絵は走った。

雷の音に足を止めたとき、周りには見知らぬ風景が広がっていた。路地を一本、間違えたらしい。道に迷ったことにそう焦りはなかった。そう遠くないところに、教会の尖塔《せんとう》が見えたのだ。あれを目当てに歩けば、駅の近くに出られる。踏切を越えてしばらく歩けば、家にたどり着けるのだ。

ただ、雨は困る。

服を濡らせば、母に怒られる。

どうしようか。

雷が近い。大粒の雨が白く乾いた地上に文様を刻印していく。

ふっと庇《ひさし》が目に入った。

目の前の家のものだ。

白い板壁に、薄緑色の屋根。強くなり始めた風に風見鶏《かざみどり》が忙《せわ》しく回る。洋館と呼べるほど特異ではないが、緑に囲まれたその白い家は周りの平凡な家々と比べると、目を引くほど洒《しや》落《れ》ていた。

風になぶられ、絡まる蔦《つた》を模した門扉がぎぃぎぃと音をたてた。鍵がかかっていないのだ。華絵はそっと押してみる。扉が内側に開く。それが合図だったわけでもないが、雨脚が激しくなった。

身体に染み込む雨滴の冷たさと稲光の閃《ひらめ》きに躊躇《ためら》いが吹き飛んだ。華絵は庇の下に駆け込んだ。ほとんど同時に雷鳴が轟《とどろ》く。

「きゃあっ」

耳を押さえ、しゃがみこむ。

泣きたいほど怖い。

誰かに助けて欲しい。

閃光《せんこう》、雷鳴、地を叩《たた》く雨。

「あなた、中に入りなさい」

突然、声をかけられた。

玄関のドアが開き、白髪の女性が手招きしていた。

「早く入って。そこにいても、びしょ濡れになっちゃうわ。雨宿りなら、おうちの中でどうぞ」

閃光、雷鳴。

大きく開け放たれたドアに向かって、華絵は走った。

「ほら、これで拭《ふ》いて」

真っ白なタオルがふわりと肩にかけられた。新しくはなかったが、汚れもほつれもなく、ふわふわと心地よい肌触りがした。そして、微かなよい香りがした。

「お洋服、ドライヤーで乾かしてあげる。こっちにいらっしゃい」

女性が華絵に微笑《ほほえ》みかけてきた。

それが、香苗《かなえ》さんとの最初の出会いだった。

「あなたは華でわたしは苗だものね。とても、かないっこないわ」

香苗さんは、そんな冗談を言ってはころころと、よく笑った。

間もなく七十一になる年齢で、六年前に旦那《だんな》さんが亡くなってからずっと、この家で一人暮らしをしている。若いころ、ヨーロッパの国（華絵の知らない国だった。その名前をまだ、思い出せずにいる）で、何年も生活していた。

香苗さんのそういう諸々《もろもろ》を知るのに、そう時間はかからなかった。

「よかったら、また遊びにいらっしゃい」

あの雨宿りの日、帰り際に香苗さんは、そう言ってくれた。

「わたしも一人だから、あなたみたいな可愛いお客さまが来てくれると、嬉しいの。気が向いたらでいいから、顔を見せに来て」

十歳の華絵にも、いや、十歳だからこそ、その言葉が社交辞令や適当な愛想でないと理解できた。

香苗さんは本気で、本心から誘っているのだ。

華絵は、大きく一つうなずいた。

香苗さんは、それまで華絵の周りにいた大人の誰とも違っていた。

両親とも、祖父母とも、教師とも……。

柔らかな物腰、優しげな笑顔と物言い、何より華絵を一人前の人間として扱ってくれる。

子どもだからと貶《おとし》めも軽んじも、しなかった。

対等にきちんと向き合ってくれた。

かと思うと、優秀な教師となり、様々なことを教えてくれたりするのだ。

ケーキの作り方も、窓ガラスの磨き方も、刺繍《ししゅう》のやり方も、優雅な箸《はし》の使い方も、みんな、香苗さんから教わった。

一緒にクッキーを焼き、花壇の手入れをし、ピアノを弾いた。

香苗さんと過ごす時間は、華絵の日々の中で特別なものとなり、鮮やかな色彩の思い出として刻まれた。

雨宿りの歌を聴いたのは、夏休みも半ばを過ぎた八月の暑い日だった。風通しの良い、冷房をつけているわけでもないのに涼やかな居間で、香苗さんが歌ったのだ。

雨宿り、雨宿り
雨が降ったら、雨宿り
ぼくもわたしも雨宿り
雨宿り、雨宿り
キツネもタヌキもイノシシも
みんななかよく、雨宿り

変な歌詞だった。それなのに、すっと頭に入ってくる。

「なに、その歌？」

思わず聞き返していた。

「楽しい歌でしょ。あなたと同じ小さなお友達が、作ったのよ。作詞ってやつね。それで、わたしが曲をつけてみたの。こんな風に」

香苗さんの指がピアノの鍵盤の上で、ぴょんぴょんと弾んだ。

雨宿り、雨宿り
雨が降ったら、雨宿り
ぼくもわたしも雨宿り

華絵も一緒に口ずさむ。

キツネやタヌキが並んで雨宿りをしている絵が浮かんだ。

おかしくて笑える。

「ね、おもしろいよね。この後、カバとかミツバチとかアマガエルまで雨宿りするの」

香苗さんがくすくすと笑う。

誰が作ったんだろう。

考える。考えてもわかるわけがなかった。

香苗さんは子どもがとても好きだった。

「わたしは子どもに恵まれなかったから、余計かもしれないけど、あなたぐらいの子どもが傍にいると、とても幸せな気持ちになれるの。子どもって、お日さまの匂《にお》いがするでしょ」

優しげであり、淋《さび》しげでもある。そんな眼差《まなざ》しで華絵を眺めることが、よくあったのだ。

「あたしの他にも、友達がいるの」

尋ねてみる。

「そうね。ボーイフレンドが何人か」

香苗さんが悪戯《いたずら》っぽい笑みを浮かべた。

「今度、華ちゃんにも紹介するわね。そうだ、みんなで、ティーパーティでもしましょうか」

「……うん」

曖昧《あいまい》にうなずく。

雨宿りの歌は心に残ったけれど、香苗さんのボーイフレンドには興味はない。会いたいとも思わないし嫉妬《しっと》も覚えない。

少し、厭《あ》いていた。

香苗さんと過ごす時間は、上品で穏やかで華絵の知らない世界をのぞかせてはくれたけれど、十歳の少女は既に、その静かさに厭き始めていたのだ。

友達との遊びの方がずっと刺激的で、変化に富んでいる。ちょうどそのころ流行《はや》り始めた変身アニメに華絵は夢中になっていた。五人の美少女戦士が悪の魔王と戦うシリーズ物で、ストーリー自体はありふれた戦いの繰り返しに過ぎなかったが、番組の終わりにコスチュームをデザインできるコーナーがあった。そこに投稿し採用されれば、少女たちの一人がそのコスチュームで登場してくれるといったものだ。友人の姉のデザインが採用されたことをきっかけに、華絵たちの間では、コスチュームデザインがかなりのブームになっていたのだ。自分一人でせっせとノートに描くのもなかなかにおもしろくはあったが、友人たちと集まりみんなでアイデアを出し合って完成させていくのは、一層楽しく、愉快だった。

それに比べれば、クッキー作りもレース編みも花のアレンジも、物足らなく高揚感に欠ける。

香苗さんの家を訪れることは、しだいに間遠くなっていった。

「ねえ、華ちゃん。今度の火曜日、これを頼めないかしら」

その日、雨宿りの歌を聴いた日は、久しぶりの訪問だった。クッキーをごちそうになり、歌を聴き、居続けるのも少し厭きて、帰ろうとした華絵に、香苗さんが一枚の用紙を渡した。

薬局で受け取る薬のリストだった。

これまで二回ほど頼まれたことがある。どういう仕組みになっているのか、その用紙を渡せば薬局から、支払いの請求がないまま複数の薬が渡された。

「え、また……」

正直、うんざりしていた。

薬局の主人は無愛想な老人で胡散《うさん》臭い眼つきで、客の顔を見る。香苗さんの使いを果たすのは面倒だった。親切にもてなしてくれるのは、こういう下心があったからかと、不快な気分にもなる。

「お願い。このところ暑くて、体調が良くないの。このお薬がないと困るんだけど、外に出るのも億劫《おっくう》でね。助けてくれない」

そこまで言われたら、断るわけにはいかない。

大人に頼られているという気分も、そう悪いものではなかった。

「わかった。火曜日に持ってくるね」

用紙を受け取る。

「ありがとう」

香苗さんがほっと息を吐いた。

「優しいのね、華ちゃんは」

それから屈《かが》みこみ、華絵の肩に手を置いた。

「ねえ、華ちゃん、あなたは幸せになれるわよ。わたしには、わかるの。大人になったら、華ちゃんは、たくさんの幸せを手に入れるはずよ。うん、おばさんには、華ちゃんの幸せそうな姿が、ちゃんと見えているもの」

ささやきに近い小声が耳に触れる。

甘言のようには聞こえなかった。

香苗さんは、華絵を利用しようとして綺麗事を口にしているのではない。感じたままをきちんと言葉にして、伝えてくれたのだ。ただ、幸せになれるとは、どういう意味なのか。華絵には、まだ理解できなかった。

「……ありがとう」

それだけ言うと、用紙をスカートのポケットにつっこみ、香苗さんに背を向ける。

「さよなら、華ちゃん、またね」

門のところで振り向くと、香苗さんが手を振っていた。八月の日差しがその白髪をきらめかせる。

強力《ごうりき》な光に香苗さんの細い身体が射抜かれたように見えた。

それなのに、ヒグラシが鳴いていた。

物悲しい澄んだ鳴き声が、光景の中に染みていく。どこまでも深く、染みていく。

風見鶏がゆるりと回った。

華絵は断ち切るように、かぶりを振り駆け出した。

机の引き出しから、その用紙が出てきた瞬間、華絵は小さく声を上げた。

忘れていた。

カタカナで記された薬の名を見ていると、身体が震えてきた。

香苗さんの薬、忘れてたんだ。

火曜日はとっくに過ぎていた。

どうしようか。

床にしゃがみこむ。

どうして、忘れてたんだろう。

自分に問いかける。答えは、すぐに返せた。

いろんなことが、あり過ぎたのだ。

香苗さんから薬を頼まれた翌日、賢哉が転校していった。父親の仕事の都合で、札幌《さっぽろ》に引っ越していくのだとか。夏休み中だったので、担任からの電話連絡で伝えられたきりだった。

見送ることができなかった。

さようならも言えなかった。

こんなにもあっけなく、消えてしまった。

喪失感？　寂しさ？　衝撃？　今、自分の内にあるものをどうたとえればいいのだろう。

賢哉くん……いなくなっちゃった。

床に座り込み、華絵は声を潜めて、泣いた。

さらにその四日後、華絵が一人でデザインしたコスチュームがアニメのコーナーで採用されるという連絡が入った。こちらは、飛び上がるほどに嬉しい。すぐさま、友人たちに電話を入れたが、反応は実に冷ややかだった。

「華絵ちゃんだけ、ずるい」

親友の一人からは、はっきり責められた。

「みんなで、頑張って応募したのに、華絵ちゃんだけ採用されるの、ずるいよ」

「え、でもそれは……しかたないでしょ」

「どうして、しかたないの。あたしたちも頑張ったのに。華絵ちゃんのだけ、テレビに出るなんてずるいじゃん」

親友は怒っていた。その怒りを理不尽だと思う。華絵が黙っていると、一方的に電話は切れた。

嫌な予感がした。

その予感通り、華絵は友人たちの集まりに呼ばれなくなり、遊びの誘いもこなくなった。賢哉がいなくなり、友人たちも離れていく。

あっけない。

人は、こんなにもあっけなく独りになるのだろうか。

膝《ひざ》を抱え、うずくまる。

今度は泣かなかった。泣かない代わりに、自分に言い聞かす。

大丈夫だ。大丈夫だ。

夏休みが終わったら、また、元通りになっている。みんな、笑いながら、また遊ぼうねと言ってくれる。

大丈夫だ。大丈夫だ。

華絵は、友人からの電話をひたすら待ち続けた。

電話は、誰からもかかってこなかった。

嘉澄《かすみ》ちゃん、淳子《じゅんこ》ちゃん、麻美《あさみ》ちゃん、美知留《みちる》ちゃん。

一人一人の名前を呼んでみる。

大丈夫だ。大丈夫だ。大丈夫だ。

あなたは幸せになれるわよ。

ふっと、声がよみがえる。

香苗さんの笑顔が浮かぶ。

あっ！　動悸《どうき》がした。

机の引き出しを開ける。二つに畳まれた用紙が出てきた。華絵自身がスカートのポケットからここに移したのだ。スカートを洗濯機に放り込む前に取り出した。引き出しにしまった。そして、忘れていた。

どうしよう。

戸惑いが心を揺する。

どうして、こんな嫌なことばかり起こるんだろう。神さまが、あたしに意地悪をしているんだろうか。

どうしよう。香苗さん、怒っているだろうか。約束を破ったと、あたしに腹を立てているだろうか。

どうしよう。どうしよう。どうしよう。

用紙を握りしめて、華絵は再びしゃがみこんだ。

香苗さんの家を訪れるまでに、さらに二日の時間が経った。このまま知らぬふりをして、二度と香苗さんの許《もと》に行かなければいいのだ。そうしたって、別に何の問題もない。

自分に言い聞かせようとしたけれど、だめだった。ベッドに入ると、香苗さんの顔が浮かんでくるのだ。

怒っていない。

優しく笑んでいる。

あなたは幸せになれるわよ。

あのささやきも思い出される。

夏休みが終わる数日前、華絵は薬を手に香苗さんの家に向かった。

ヒグラシが鳴いていた。門扉も玄関のドアも閉まっていた。ブザーを押したけれど、何の反応もなかった。

留守なんだろうか。

留守ならしかたない。薬を置いて帰ろう。

ドアの前、郵便受けに薬袋を落とし、一歩、退く。

でも、変だよ。

華絵の中で華絵が言う。

この暑い日に、真昼から香苗さんが外出するなんて、変だ。

庭のブナの影が屋根に落ちている。香苗さんの家は木の影に抱かれているみたいだ。

裏庭に回る。

リビングのガラス戸が開いている。白いレースのカーテンが風に揺れていた。

やはり、香苗さんはいるのだ。

「香苗さん」

リビングに上がり込む。

微かな異臭がした。

テーブルの上で、果物が腐っている。真っ黒に変色していた。近づくと小さな羽虫が無数に飛び立つ。羽音がはっきりと聞こえるほどの数だ。黒い変色と見えたのは虫の群れだった。

果物は崩れ、汁を出し、テーブルクロスに茶色い染みを作っていた。そこにも、虫が集《たか》っている。

「香苗さん……」

どうしたの。綺麗好きな香苗さんが、どうしてこんな……。

風が止《や》む。

異臭がひときわ、濃くなる。

足が止まった。

止まったまま、前に進まない。

え……なに？

リビングとキッチンの境に香苗さんが横たわっていた。見覚えのある青い布地のワンピースを着ている。マリンブルーと呼ばれる鮮やかな青だ。

香苗さんにも虫が群がりついていた。

香苗さんは動かない。

周りのテーブルやイスと同じように、ぴくりともしない。

うつ伏せのまま、固まっている。

臭《にお》いが、激しくぶつかってきた。臭いが実体を持ったのだ。それは、華絵の鼻から体内になだれ込んでくる。胃の中を掻《か》き回す。

香苗さんが死んでいる。

死んで腐ろうとしているのだ。果物みたいに。

髪も、目も、鼻も、耳も、舌も……。

華絵はうつ伏せの香苗さんを見詰めた。視線を一ミリも外せない。そのまま、何年もの時間が経ったように感じた。季節が何度も巡り、また夏がきた。香苗さんは腐り続け、華絵は見詰め続けている。

車のクラクションが響いた。

その音が耳を突き抜ける。

吐き気が込み上げてきた。

死臭が、華絵を締めあげる。

這《は》うようにして、外に出た。

光と風とヒグラシの声に包まれる。

助かった。逃げられた。

華絵は笑った。

笑いが止まらない。

光と風とヒグラシの鳴き声の中で身体を痙攣《けいれん》させ、華絵は泣きながら笑っていた。


それから後のことはよく、覚えていない。

高い熱が出た。

嘔吐《おうと》と下痢《げり》が続き、髪が大量に抜けた。

夢は見なかった。けれど、あの臭いがいつもまとわりついて、まともに食事がとれなくなった。

一月近く、学校を休んだ。

警官が何度も訪ねてきた。香苗さんのことで、あれこれ質問されたけれど、ろくな返事はできなかった。逆に、初老の人当たりの良い警官から、香苗さんの死因は病的なもので、事件性も事故の可能性もないと伝えられた。

香苗さんは一人で死んだ。そしてずっと一人のままだったのだ。

一か月後、華絵がようやく登校できるまで回復したころ、香苗さんの家は取り壊され、更地に変わった。

華絵が、老女の死体の第一発見者であることは、いつの間にかクラスメートたちに知られ、げっそり痩《や》せ、面変わりした華絵の様子と相まってか、呪われた少女の話が、やはりいつの間にか、しかし、速やかに広まっていった。

「華ちゃんて、お婆さんの霊がついてるんだって」

「うん、らしいよ。怖いよね」

「近寄ったら、その霊に祟《たた》られるらしいよ。怖いね」

「呪われてるんだ」

「傍にいかないようにしよう。呪いに巻き込まれちゃうよ」

一緒にデザインを考えた仲間たちが、まず、遠ざかっていった。

華絵は追わなかった。黙ってうつむいていた。

以前のように、友人たちと笑ったり、遊んだりできない。言い争うことさえできなかった。あたしのせいだろうか。

あたしが薬を届けなかったから、香苗さんは死んだんだろうか。

あたしが、殺したんだろうか。

そんなわけがない。あれはただの栄養剤や痛み止めだった。あたしは関係ない。

ほんとに？　ほんとに、そうだろうか。

問いも答えも堂々巡りだ。

ぐるぐると回り、どこにも着地しない。

確かなのは、華絵が見たこと。

あれを見たことだ。

香苗さんが死んで横たわる姿を見た。それは、揺るぎない事実だ。

あれを見た者が普通に笑えるわけがない。普通に生きられるわけがない。

理屈でなく、感覚として、華絵の内に巣くった想いだ。

いつの間にか、人は孤独死した老女のことを忘れた。一時的な衝撃が過ぎれば、さして珍しくもないニュースとして消費される。その程度のものだった。

華絵は忘れられない。いつまでも、引きずり続ける。答えの出ない問いを、あれを見た事実をずるずると引きずって、二十年近くが過ぎていった。


傘を持っていないときに限って、雨に降られる。

昔からそうだった。


雨は本降りになってきた。

わたしは、ため息を吐《つ》く。

コンビニで傘を買おう。この先の交差点を渡れば、角のところにコンビニが……。

カラフルな傘が目に入った。

駅近くの商業ビル、その一階には書店が入っている。このごろの書店は店の一角で、文房具や雑貨を売っているものらしい。

赤、青、緑、黄色、オレンジ、紫。

色とりどりの傘が、並べられている。まるで、わたしを誘っているようだ。

ここで、傘を買おう。ついでに雨宿りもさせてもらおう。確か、喫茶のコーナーもあった。

傘を手に入れ、温かなココアを飲んで、本を一冊、買って帰ろう。その間に、雨脚も弱まるんじゃないか。そう考えると身体が少し軽くなった。朝から続いていた不調が、楽になっている。

わたしは、ガラスのドアを押して、書店へと入った。店内は広く、清潔で、空気が乾いていた。

快適な空間だ。

このごろ、どんな小説が流行ってるのかな。

特別好きな作家やジャンルがあるわけではないが、本そのものは好きだ。ぶらぶら歩き、時折、目についた本のページをめくってみる。買いたい一冊が見つかったら、それを携えて温かなココアを飲みに行こう。

こういう時間もなかなかいい。

わたしにしては、上出来の雨宿りだ。

雨宿り……え?

カウンターの前に、手製のポスターが貼《は》ってあった。

『雨宿りの歌』、刊行記念。作者サイン会。

その一文が目に焼き付いてしまう。

『雨宿りの歌』……、『雨宿りの歌』って……。

ポスターの傍に平積みになっていた本を手に取る。

『雨宿りの歌』、城崎けんや。

帯の文句によると、著名な新人賞を受賞した作品らしい。でも、これって、この作者って、賢哉くんなんだろうか。

わたしは『雨宿りの歌』と青いビニール傘を買い、書店を出た。ココアのことなど、吹き飛んでいた。

なに、これ。どういうこと。

胸がざわめく。痛いほどだ。

マンションに帰ると、着替えもせず、床に座り込んでページをめくった。眩暈《めまい》がする。頭の中がぎしぎしと鳴った。

『雨宿りの歌』は、香苗さんの物語だった。

長くヨーロッパの小国で暮らしていた女性が日本に帰り、ゆっくりと老いていく。その日々を綴《つづ》っている。さして、大きな事件も派手な展開もない。しかし、美しい物語だった。風見鶏のついた小さな家、広い庭、趣味の良い室内、ブナの大樹。どれも香苗さんのものだ。

少女が出てくる。

小学校四年生、痩せっぽちで絵の好きな少女。ノートに洋服のデザインをたくさん描きつけている。

わたしだ。

少女は老女の許を気まぐれに訪れ、クッキーを焼き、ピアノを弾き、レース編みを習う。少女は成長し、いつの間にか老女の日常から消えていく。主人公の老女は、少女の残したレースのショールをまとい、呟く。

「あの子のおかげで、わたしの残り少ない人生がとても鮮やかに染め上げられた気がするの。あの子に巡り合わせてくれた神さま……いいえ、雨かしらね。あの子が雨宿りしてくれなかったら、知り合うこともなかったんだから。その雨に感謝しなくちゃ」

と。そして、静かに微笑《は》むのだ。主人公の少年は、その笑顔を美しいと思い、老女と少女の間に流れた時間に心を馳せる。

老女が亡くなった日、号泣する少女に少年は告げる。

「ぼくは、あの人に『雨宿りの歌』をあげたけれど、きみは、ものすごく綺麗で強くて絵の具みたいにカラフルな思い出を残してあげたんだ。あの人を幸せにした。それをきみに伝えるのが、ぼくの役目のような気が、ずっとしていた。どうしてだろう。ぼくがきみに恋をしているってことと、関係あるんだろうか」

唐突な愛の告白に、少女は目を瞠《みは》り、少年を凝視する。

わたしは本を閉じた。

胸は凪《な》いでいる。

思考がずっと奥に引っ張られ、頭の半分が白くなっている。

あの人を幸せにした。

それをきみに伝えるのが、ぼくの役目。

恋をしているってこと。

賢哉くん、これはあなたの真実の物語ですか。


書店の入り口で、岡部さんと鉢合せした。

お互いに、一瞬、声が出ないほど驚く。

「岡部さん、どうしてここに」

「水原さんこそ……あぁ、あなた、この近くに住んでるんだったわね」

「はい」

「今日は、何か本を買いに？」

「あ……いえ、サイン会に来ました。小学校の同級生が本を出したので……」

「ええっ！　あなた、賢哉の同級生だったの」

岡部さんの声が裏返る。こんな岡部さんを見たのは初めてだ。

「賢哉って、あの、岡部さんと城崎くんは……」

「賢哉は弟よ。わたし、結婚する前までは城崎だったの」

今度は、わたしが驚く番だった。

あのすらりとした中学生。あれは、岡部さんだったのか。

「これ、賢哉のデビュー作でしょ。舞台にした町の近くでサイン会をするって言うから気になっちゃって。様子を見に来たの。姉心ってやつね。でも、けっこう評判が良くて、ほっとしてる。地味なのに、その地味さがいいんだって」

岡部さんはよくしゃべった。どことなく恥ずかしそうに。それも、わたしの知らない一面だった。

「じゃあ、もしかして水原さんが雨宿りの少女？　賢哉の初恋の相手で……」

「初恋……ですか」

「そうよ。この本の中の少女は賢哉の初恋の相手なの。わたしたち、親の仕事の都合で都市を転々としたんだけど、賢哉が、あの町を舞台にしたのは、初恋の思い出があったからよ。あの子、なかなかにロマンチストなの。まっ、わたしだって中学の同級生と結婚して隣りの市に住んでるんだから、似たようなもんだけどね」

岡部さんがくすくすと笑う。童女のような笑顔だった。そして、

「そうか、水原さんが初恋の少女だったのか……」

笑みながら、呟いた。

「どうでしょうか。わたし、城崎くんから直接、聞いてみたくて」

そう、聞いてみたい。

賢哉くん、あなたは知っているの。

香苗さんは本当に幸せだったの。

わたしは、一歩、踏み出してもかまわない。

香苗さんのことを思い出して、生きてもかまわない。

あなたに、無性に会いたくて、ここに来ました。

「サイン会場、二階なの」

岡部さんがとんと背中を叩いた。

あなたは幸せになれるわよ。

香苗さんの声が聞こえた。

雨宿り、雨宿り

雨が降ったら、雨宿り

雨宿りの歌が聞こえた。
わたしは、一冊の本を胸に階段を上る。
窓から窺える空は青く澄んでいた。
今日は一日、晴れそうだ。

一点突破　LiLy

LiLy
NY、フロリダでの生活を経て、上智大学外国語学部卒業。著書には小説『11センチのピンヒール』『オンナ』『me & she.』、二十代女性独特の恋愛観やセックスを描いたエッセイ『タバコ片手におとこのはなし』など多数。「NYLON」「オトナミューズ」など、ファッション誌を中心に多数連載を持つ。

よりによって、西麻布《にしあざぶ》。

東京で45年ぶりの大雪を記録したその夜、ユリはふだんあまり縁のない、駅のない街にいた。担当誌での連載を口説いている少女漫画家に指定されたレストランが、そこにあったからだ。――なんて言えばかっこいいけどね、と頭の中に浮かんだナレーションと現実との差に、ユリはひとり鼻白む。

東京と埼玉の県境――いや、だからつまり埼玉県にある会社から電車を乗り継ぎ約1時間かけて、ここまで出向いたのだ。帰れなくなるから今日は早めにあがろう、という社内のザワついた空気の中、電車の遅延なども考慮して1時間前行動をとった。が、それが仇《あだ》となった。

漫画家からの雪を理由にしたキャンセルメールが入っていたことに気づいたのは、渋谷駅《しぶや》から乗ったタクシーを降りた直後のことだった。

あ、とユリが携帯片手に振り返った時には既に、タクシーは他の客を中に乗せ、一方通行の細い道をバックしているところだった。車道と歩道の境目が分からないほど真っ白に降り積もる雪の中、テールランプの赤が鮮やかだった。

小学生の頃から憧《あこが》れていた先生に、あと一歩で、会えるところだったのだ。レストランの目の前まで来て夢が破れたことのショックは、大きかった。でも、水分を多く含んだ透明度の高い雪の上に、反射する赤には思わず見惚《みと》れた。

ユリは内心、ほっとしていた。

元はチェストナッツ色のムートンブーツが濡《ぬ》れて焦げ茶化してゆく両足を、雪の中でせっせと動かしながら、タクシーで来た道を戻っている。

この大雪の中、外に人がいることに「東京」を感じたユリだったが、自分のように傘にしがみつくようにして歩道を歩いている人は少数だった。車道に足を踏み入れたまま立ち止まっている人がぽつぽつと目に入り、なんだろうと気になった。

西麻布の交差点は、車にひき殺されないギリギリのところまで入り込んだ人たちの姿であふれていた。さっきまで目の前を歩いていた、華奢《きゃしゃ》なふくらはぎにピタリと張りついたようなレザーブーツを履いたモデル風の女性も、交差点に着くなり、なにかを発見した様子で勢いよく車道に飛び出していった。

目の前で「空車」から「迎車」にサインを変えて走り去っていったタクシーに女性が、モデルらしからぬ舌打ちをしたのを見て、ユリは初めて気がついた。

タクシーが捕まらないのだ！

そう思ったと同時に、さしていたビニール傘が強風に煽《あお》られてバカみたいに裏返った。

タイヤがスリップして坂をあがることができないトラックが、耳障りなアイドリング音を響かせている。その真後ろに詰まっている黒いベンツの屋根は積もった雪で真っ白で、その一台後ろの黄色いタクシーは、駆け寄ってきた人たちを追い払うようにしてまた「迎車」へとサインを変えた。客を乗せられるような状態ではないという運転手の判断なのだと思ったら、ユリは急に不安に襲われた。

雪混じりの強風が、顔面を容赦なく煽りつける。ここから一番近い駅は、確か渋谷か六本木《ろっぽんぎ》。どっちも歩けない距離ではないはずだ。が、どっちの方が近いのか。いや、この十字路の、どっちを歩けばどっちに着くのかも分からない。

まずは壊れた傘をたたもうと前屈《まえかが》みになったら、肩にかけていたキャンバスバッグが腕へとずり落ちて、ダウンジャケット越しにも痛いくらいに食い込んだ。自社で発行している主婦向けの生活雑貨通販カタログを、3冊も持参したことを後悔した。指先がかじかんでいて、思うように動かない。いや、傘の骨組みが突拍子もない方向に突き出てしまったせいで、こりゃ、どうやったってたためない。

ここは、西麻布の交差点。吹雪の中、アホみたいなかたちになったビニール傘を、ユリは両手に持て余して立ち尽くす。まだ動かないトラックのタイヤから、オレンジ色の火花が散っているのを見ていたら、傘が吹き飛ばされそうになった。持つ手に慌てて力を入れたら今度は、突き出た針金の先端がユリの額を直撃した。

痛っ！　とっさに額に手を当てて、そこに血がついていないことを確認すると、視線の先で点滅しはじめていた青信号を急いで渡った。その先にある派手な英字看板の店に避難して、そこで対策を練ろうと考えたのだ。

そこは、アイスクリームショップだった。ビニール傘を外に置き去りにしたい気持ちは山々だったが、吹き飛ばされれば怪我《けが》人が出る恐れがある。ユリは仕方なくそれを胸に抱えて入店した。

「あの口の中でバッチバチ弾《はじ》けるやつなんだっけ」

あっけらかんとした女の声に顔をあげると、揃《そろ》いも揃ってニーハイブーツを履いた二人組のギャルが、アイスが並ぶショーケースを覗《のぞ》き込んでいた。

「それ違う店じゃね？　それサーティワンじゃね？」

今にもパンツが見えそうなスカート丈の短さに、まず言葉を失った。このクソ寒い中、いったいどういうつもりだ。

「あ、やべい」

ヤバイではなく、やべい。ユリは驚いた。やべい。もう一度自分の心の中で発音してみると、やはり強烈な違和感に襲われた。

「えーじゃあ、あたしこれにするぅ！」

二人は、明らかにはしゃいでいた。死ぬか生きるかくらいの緊張感を持ってこの店に避難してきた自分と、「やべい」くらい軽いノリのギャルたちとのギャップに目眩《めまい》を覚えた。

ギャルのひとりがユリの方を振り返り、ぎょっとした顔をしてすぐにまたショーケースの方に向き直った。

「ちょっ。マジやばいんだけど」

ギャルにとっての小声は、一般の人が喋《しゃべ》る通常のヴォリュームだった。傘のことを言われているのだとユリは思った。巨大な蜘蛛《くも》のようにあちこちに針金が飛び出しまくっている傘を抱えた自分の姿を想像したら、頰《ほほ》が熱くなってきた。

逃げるように店を出ると、風が、さっきよりも勢いを増していた。「こんな吹雪の中でもアイスクリームとか食っちゃう基本超ポジティブなうちら」に対するネガティブな感情が、止まらない。なんという自作自演だ。許せない。怒りにも似たそれを原動力のようにして、どこに向かっているのかも分からぬままに目の前の道をぐんぐん歩いた。

ムートンブーツが、足に重く感じられるほど濡れていた。チェストナッツ色はもうどこにも見えないが、その水分はまだ、足までは到達していない。オーバーサイズの五本指ソックスを4枚重ねて履くという、色気は皆無だが効果は期待できそうな健康法にトライした数ヶ月前の自分に感謝した。

大通り沿いを歩いていればどこかしらの駅には着くだろうと思っていたが、それらしきサインが出てこない。遂に、ブーツの中の足が、五本指ソックスごとズブ濡れた。傘の死骸《しがい》を両腕に抱え、目を開けていられないほどの吹雪に顔面を殴られ続け、心がどんどん弱っていった。あたり一面を真っ白な雪に覆われた、そもそも見覚えのない街の中、ユリはほとんど迷子だった。

よりによって、西麻布。よりによって西麻布、よりによって西麻布西麻布、西麻布。よりによって、西、麻布。より、によっ、て、西。

ユリは頭の中でつくったリズムに合わせて、ステップを踏むように歩きはじめた。そんなふうにしてまで、込み上げてきた涙をどこかへ追いやらねばならない理由が、ユリにはあった。

そもそも、今日の打ち合わせがキャンセルされる可能性をわざと無視してここまでやってきたのは、ユリなのだ。3年つき合ったタカシと遂に婚約に至った経緯や、今朝契約したばかりの新居について、両親に笑顔で話さなければならないと思うだけで、頬の筋肉が引きつった。会社から徒歩15分ほどの実家に戻り、こたつに入って両親と向き合うことを避けるために東京に逃げてきたといってもいい。

それなのに、自分を泣かせるような感情からあえて意識をそらすことに長《た》けているユリは、そのことにすら気づかずに踊るように歩いている。

よりによって、西麻布、フォーッ！

頭の中で何十回目かに叫んだ後で、ユリは遂に力尽き、雪の上にしゃがみ込んだ。


未来と書いて、ミク。本名なのに、どうやら疑われていたらしい。パスポートを横から覗き見したユリが小さく「あ」と言ったのを、ミクは聞き逃さなかった。

「もしかして、源氏名かなんかだと思ってた？」

弾んだ声で突っ込みを入れると、ユリはびっくりしたような顔をして「え」と言った。

「さては、生まれた年を確認しやがったわね」

初めて会った時——つまり昨夜、年齢をサバよんで伝えていたことを思い出した。29歳だというユリに、ぴったり10コ違うねとかいう適当な会話をしたのだが、そんなカレーに添えられたラッキョウ並みにどうでもいいことは忘れていた。

ミクは先日40歳になったが、35を過ぎたあたりから年齢にはあまり興味がなくなった。否、実際はたった1歳を誤魔化すくらい40代に入ったことを気にしているのだが、少なくとも本人はそう思っている。どうでもよいことのメタファーとして、ラッキョウを使う癖にしてもそうだ。その時点でミクが人よりずっとラッキョウに注目しているのは明らかだが、その単語を口にする時、ミクはほとんど無意識だ。

一方、意識を向けずにはいられぬ風貌《ふうぼう》で『モンテネグロ』のドアを開けたのが、ユリだった。来客を知らせるドアベル音に、カウンターに立つ店主の竜二郎と、その向かいのスツール席に座ったミクは反応した。白いモヘアの帽子をかぶっているのかと錯覚したほど雪にまみれた頭を、女があげた瞬間、店内の空気が凍りついた。

「いったいどうしちゃったの」。思った時には口に出していた。

真っ赤な血が、ユリの額から鼻筋まで一直線に流れていたのだ。といってもその血は、鼻を登りきれないといった様子で真ん中あたりで止まり、そこにしずく形に溜《た》まっていた。事件の被害者だと言い切ってもいいような顔をした女の返答を静かに、否、ミクに限って言えば興奮して、待った。それなのに、

「風が強くて、壊れちゃって……」

ユリは何故《なぜ》か頬を赤らめながら伏し目がちにそう言った。そして、駆け寄って来た竜二郎にビニール傘をすまなそうに差し出した。額の血から目を離せずにいる竜二郎の表情を読み違え、「あ、もちろんここでなにか食べる予定でいます！」と謎《なぞ》の弁解をしてから、そそくさと角のテーブル席に移動した。

ミクは、スツールを１８０度回転させてユリを目で追った。

あなた血が出てる！　いよいよミクが叫びそうになったその時、奥の椅子《いす》に腰掛けたユリの顔面が硬直した。目玉をひんむいて、真正面を向いたまま動かない。

ユリの席の正面にはトイレがあり、ドアの外側には悪趣味な丸い鏡がかかっている。そこに映り込んだ自分の顔を見て驚いているようだった。

半開きになったユリの唇は、青紫だった。ミクがそこまで変色した唇を見たのは、小学校のプールの授業中に見た男子のそれ以来だった。そういえばその男子は魚屋の息子だった。偶然の一致に、ミクは思わず吹きそうになった。青白い顔をして目を見開いたユリの顔は、あまりにも魚に似すぎていた。

笑ってはいけない。そう思えば思うほど、笑いが込み上げたその時、

「ぶはっ!!」

盛大に吹き出したのは、ユリだった。鏡に映った自分の顔をまっすぐに見つめながら、声をあげて笑いはじめた。竜二郎から受け取ったおしぼりを広げて口元を隠しながらも、笑いを自制できずにいる。

血は、拭《ふ》く気がないようだった。気に入っているのかもしれない。そう思ったら、ミクはもうたまらなくなって心の中で歓声をあげた。

この女、壊れている。

ミクはパンチの効いた人間の登場を待っていた。こんな冴《さ》えないバーに、10年も通い続けていたのは今夜、この女と出会うためだったのかもしれない。

変わっている、と言われることの多いミクだったが、その〝変人度〟が振り切れていないのが長年の悩みだった。中途半端な自分を、容赦なくそっち側へと引きずり込んでくれるような人物を、これまでずっと待ちわびていた気が、その時した。

ユリの不気味な笑い声に、胸の高鳴りが止まらない。おしぼりで顔の下半分を隠した途端に美女化したユリの丸い瞳《ひとみ》を、いつまでも見ていたかった。それなのに、ミクは強烈な尿意に襲われた。仕方なくスツールから飛び降りて、ユリと鏡のあいだに割り入るようにしてトイレのドアを押し開けた。

ミクには、会社を辞めて占い師セミナーに通った過去がある。しかし、そこに集まった人間のあまりのフツウさにうんざりし、すぐに退会する運びとなった。会社の上司に自身のオナニーネタを話すことができるほどオープンなミクだったが、占い師セミナーのことだけは誰にも言えなかった。生まれつき備わった特殊能力ゆえに占い師になるのではなく、占い師に憧れて学校に通ったなんて——。変人になりたくてたまらない凡人がやることランキング一位的な、痛ましい行為だ。でも、

『にんげんだもの』。

トイレのドアの内側に貼《は》ってある、相田みつをのポストカードを見ながら排尿するたびにこのことを思い出し、ミクは嫌な気持ちになる。若気の至りのようなものだと開き直りたくても、それはつい半年前の出来事なのだ。

あったかい便座に尻《しり》をピタリとくっつけたまま、いつもここで考え込んでしまう。会社を辞め、セミナーも退会し、失業保険をもらいながらハローワークに通う、この冴えない日々について。

だが今回は、ミクは手も洗わずにトイレの外に飛び出した。

視界の真ん中で、ユリは涙を流して泣いていた。口からは、まだ笑っているかのような声をもらしながらも泣きすぎて、時々「おえっ」と嗚咽《おえつ》した。ユリの額の血は、まだ拭《ぬぐ》われた痕跡《こんせき》すらない。

アブナすぎる。

ミクは興奮した。いったいなにがあったのか、猛烈に興味をそそられた。涙でキラキラと光っている丸い瞳に、ゾクゾクした――次の瞬間、テーブルの下で靴を脱いでいたユリの足に目がいった。

五本指ソックス。

ぶっ！　思い出したら吹き出してしまったミクを、隣でシートベルトをしめていたユリが怪訝《けげん》な顔をして振り返る。

「それ、早くしまった方がいいですよ。もうすぐ離陸します」

ミクの足元に置いてあるバッグに目線を落として、ユリが言った。

「その敬語やめてもらえる？　社員旅行にきてる気分になるじゃない」

人生で最もキケンな旅にでているはずなのに、調子が狂う。昨夜は事件性を孕《はら》んだような顔をしていたユリなのに、今、薄い毛布を首までかけてくつろいでいる姿は、額にバンソーコーを貼ったただのフツウのアラサー女。旅の先行きに、不安を感じずにはいられない。

目の前の座席の下に、ミクは荷物を足で乱暴に押し込んだ。

ルシアンペラフィネの、マリファナ柄の、マイバッグを。


もし今、目の前に「死ぬボタン」があるなら、私は押す。ユリはあの時、向かいの席に腰をおろしてきた、初対面の女にそう言った。

雪の中歩く気力を失って、しゃがみ込んだ視線の先に見えたのが、白抜きのカタカナが目を引く黒い看板だった。『モンテネグロ』。明朝体で印刷された店名の下に、「３００ｍ先」という文字と矢印がピンク色のマジックで書き足されていた。その雑さに、何故か救われるような気持ちになり、気づいたら矢印の方向へと大通りを曲がっていた。

チャリリリンッと、昔の喫茶店を思わせるようなドアベルが鳴った。目に飛び込んできた真っ赤なバーカウンターを見て、ユリはドキリとした。モンテネグロがバーだとは思わなかった。でも、じゃあ何の店だと思っていたのかと自問しても分からなかった。バーテンダーらしき男と、その前に座る馴染《なじ》み客にしか見えない女は、明らかにユリより年上で、いかにも「東京の人間」という感じにこなれて見えた。

西麻布のバーなんて初めてだった。が、ユリは平静を装った。身体《からだ》は芯《しん》から冷えていて、なにかを演じるエネルギーなど残っていなかったが、緊張していないふうに行動した。入り口のところで傘の処分をお願いし、一番奥のテーブル席にスムーズに着席した。

それなのに、女の視線がどこまでも追ってきた。スツールを身体ごと回転させてまで見てくるのだ。それに気づいていない振りをするだけで、既に弱り切っていた心が、決壊ギリギリだった。

やっぱり出よう。

そう思って立ち上がろうとした瞬間、鏡に映り込んだ自分の顔にぎょっとした。痛みはないので忘れていたが、さっき傘の針金が突き刺さったところだ。そこから真っ赤な血が吹き出していた。額のド真ん中を打ち抜かれ即死したヒットマンのように、ツーッと一筋。顔の左右をパッカリと分けるようにして、額から鼻まで、まっすぐな血の線が入っている。

バカか。

こんな顔をしているとも知らずに、アイスクリーム屋でギャルを見下し、こんな顔をしたまま雪の中をスキップし、こんな顔をしているくせに西麻布のバーで飲もうとしていたのか！　そんなバカな！

ユリの中で、なにかが外れた。腹の奥から、バズーカで放たれたような笑いが喉《のど》を通って口の外へと吹き出した。

「ぶははっ！」

笑いながらも、ユリは怒っていた。自分ではきちんとしていたつもりなのに、その間ずっと、額からは血が垂れ流れていた。たったそれだけで、とっていたすべての行動が一気に「非常識」へと裏返る。なんだこれは。なんだこのからくりは。

「まぁ！　たいへん！」

頭の裏側から、自分の笑い声が聞こえなくなるほどの、甲高い声が響いてきた。

「ユリちゃん、かさぶたになる前にきちんと消毒してバンソーコーを貼らないと、手遅れになる」

耳に絡みつくような、母親のねちっこく優しい声。わんぱくだったユリが転んで膝《ひざ》小僧を擦りむくたびに、母は大急ぎで駆け寄ってきてはそう言った。

母親だけではない。一人娘のユリを、両親はとても大切に扱った。いつか嫁としてリリースする、たったひとつの大事なアイテムだとばかりに。決して傷モノにならぬよう、気を使って育てられた。将来娘に嫁の貰《もら》い手さえ決まれば、老後に孫というプレゼントが返ってくる。女の子を育てるということはそういうことなのだと、本気で、考えている両親だった。

「ユリちゃん。夜から大雪になるんですって。早退して帰ってきたら？」

アホか。

携帯に出ないからってわざわざ会社にまで電話をかけてきた母親に、今になってユリは憤慨した。ぜんぶ、親のせいだ。タカシとのこんがらかった状況も、すべてが、母親のせいのような気がしてきた。

「妊娠前の女の子が、身体を冷やすのはすごくよくないの。お父さんもすごく心配してる」

うんざりだった。婚約の報告をした途端、今度はそれか。結婚という重たいタスクをやっと肩から下ろすことができたと思ったら、ほっと息をつく間もなく、次の更に巨大なやつを全身にのっけられた。

そんな母親に、今、鏡に映っているこの顔を見せてやりたい。悲鳴をあげるに違いないと思ったら、愉快な気持ちになってきた。大事な身体は芯から冷えていて、唇なんか紫色で、まだ濡れている前髪はセンターでパッカリと分かれていて、そのあいだからは流血。

これぞ、しあわせから最も遠い女の顔そのものだ。

ユリは、血を、そのまま放置することに決めた。額に、どんなにコンシーラーを重ねても隠れない傷跡が残れば良いと思った。でもだからって、それを見たタカシが婚約破棄することはないだろう。だいたい、膝小僧に傷が残ったら「手遅れになる」と言う母親の強迫観念はいったいどこからきているんだ。

知っている。母親がいちいちそこまで気を揉《も》んでいた理由を、ユリは誰よりも知っている。

「お父さんに似ればよかったのに。ユリちゃんは私に似てしまって」

ユリの母親は、自分の夫であるユリの父親をハンサムだと思い込んでいるところがあった。確かに母親と比べれば目鼻立ちは整っているが、異性を魅了するような男では決してない。一言でいえば、つまらないのだ。一度ユリは父親に聞いたことがある。常に黙っているが、頭の中では何を考えているのか、と。「ん」と言って固まった父親からは、結局なんの返答も得られなかった。答えを探しているようにも見えなかった。この人は何も考えちゃいないのだと確信し、ユリは脱力した。

売れ残り同士がくっついたような夫婦。いつからかそう思うようになっていた。実の両親のことをそんなふうに思う子どもの恐ろしさを知っているからこそ、ユリは子どもを持ちたいとは思えない。なにがたのしくて、身を振り絞るようにして産んだ子に、自分の内側を見透かされ、存在を丸ごと見下されなきゃいけないのだ。

　ユリは、泣いていた。

「私の名前はミク。未来と書いてミク」

未来？　腹の奥から嫌悪感が込み上げてきて、吐きそうになった。カウンターからいつの間にか目の前の席へと移動していた、この女に対してではない。自分の未来に対して、初めて得た感覚にユリはショックを受けた。

　これまでは、少なからず未知なる領域を含んでいた未来に、初めて手が届いてしまったように感じたのだ。タカシと婚約して新居も決まった今、たった数秒間で、明日から自分が歩むだろう生活のすべてを思い描くことができてしまった。想像と現実のあいだに多少の誤差は生じたとしても、きっとそうは違わない。それくらい、理想などない、つまらない想像。

それが、ユリの目の前にある未来だった。

　めんどくさっ。

　今から送ることになるだろう生活の、すべてを億劫《おっくう》に感じたら、涙も笑いもピタリと止《や》んだ。ヒートアップしていた感情が、かつてないほどに冷めていた。「死ぬボタン」という、今まで自分の中になかった単語が口から出た。

「いいじゃないの、死ぬボタン。いいじゃないいいいじゃない、それ！」

腰まである黒髪をうねらせるようにして、ミクが全力で食らいついてきた。テーブルに身を乗り出して、ユリの方に両腕を伸ばし、両手でユリの頬を包んできた。

ミクは、勘違いしているようだった。ユリは、「死にたい」だなんてドラマティックなことは思ってもいないのだ。先が見え切ったつまらない人生を、ぜんぶ早送りしてもう終わらせてしまいたい。それか、今ここで、ユリにまつわるすべてを、なかったことにできたらい い。誰を、悲しませたりすることもなく。

そんな便利なボタンがあるのなら、今すぐにここで、押したい。それだけだった。

真正面から目をじぃっと覗き込んでくるミクの顔は、真剣だった。目を大きく見開いていても健在な、外国人並みに大きな二重幅。太めの眉《まゆ》も、あえて薄付きのチークもボルドーな唇も、すべて念入りにメイクされているのに、目元だけはアイラインもマスカラもアイシャドーもなんにもついていなかった。自分の顔のバランスを熟知した、オトナの技だとユリは思った。

「一緒に押しちゃおうか、そのボタン」

とはしゃぐミクは、美人ではないのに美しかった。自分という素材を見事に使いこなし、最高に綺麗《きれい》に見せるやり方を知っている女だ。でも、

「変わってますよね」

　ミクがまばたきをしたすきを狙《ねら》って目線をそらし、ユリは言った。

「見ず知らずの私に突然、一緒に死のうとか、よくそんなにも明るく……。なんで泣いているのかとか、なんで死にたいと思うのかとか、聞きません？」

「そうね、そうかもね、フツウはね」

　ミクは薄い唇を横にニィッと開いて笑ってみせた。ジュリア・ロバーツみたいな口だ、とユリはこっそり思って憧れた。

「だって困るんだもの」

　わかめのようにうねった黒髪をゆらりとかきあげながら、ミクが言う。

「理由を話されたら私、良き相談相手みたいになっちゃって、そしたらすぐに問題が解決しちゃったりして、そしたらあんたボタン押す気なくなっちゃう。困るもの、それじゃあ」

「私に、死ね、と？」

「あじに似てると、」

　二人の声が重なって、

「言われない？」

　ミクが続けた。

「あじって、魚のですか？」

ジュリア・ロバーツに似ているとまで思ってやった女から、まさかそんな仕打ちを受けることになるとは。

「そう！　まさに今の顔。いわし寄りかと思ったけど、間近で見るとやっぱ、あじ」

「……」

わかめヘアをゆらゆらと揺らして笑っているミクが邪魔で、鏡が見えない。ユリは身体を横に大きくズラし、もう一度鏡に自分の顔を映し込んだ。

あじの顔が分からないので似ているかどうか判断しようがなかったが、さっき見た時は真っ赤だった血が、濃い赤茶色になって固まりはじめていた。

焦った。血を拭って傷口にマキロンを吹きかけてバンソーコーを貼りたい衝動に駆られた。が、すぐにまた思い直した。母親の呪縛《じゅばく》から逃れたいのだ。

——手遅れ。

今度は母親の声ではなく、自分の声だ。脳内で再生されたその言葉の響きを、ユリは初めて気に入った。手遅れになればもうおしまいだという強迫観念を植え付けられていたから、母親がその言葉を発音するだけで怖かった。でもほんとうは、もうなす術《すべ》もなにもない状態にさえなってくれれば、あとはもう腹をくってその道を歩けば良いだけだ。

婚約したとはいえ、口約束。自分次第でまだこの人生を巻き返せるという僅《わず》かな期待が、自分をなによりも不安にさせているのだとユリは気づいた。気づいてしまった。

「心、ここにあらずな顔してる。その、丸くなる目、かわいいね」

意中の異性を見つめるようにしっとりと、目を細めてミクが言う。口説かれているんじゃないか、と思うより先に、頬が赤くなったのを感じてユリは慌てた。

「ふ、二人は、どういう関係なんですか？」

自分から外れる気配のないミクの視線をはぐらかすようにして、ユリはバーテンダーの男の方に目線を移した。赤ワインの入ったグラスを、何も言わずに後ろから差し出した男と、気配のみで察して振り返ることもなく受け取ったミクの、自然なやり取りが気になった。

「竜二郎はここのオーナー。私は客」

そう即答してから、ミクは続けた。

「でも10年前に7回だけヤッたの。ねっ？」

ミクは肩越しに、語尾の言葉のみを後ろの男に投げかけた。

「7回!?」

ユリはその具体的な数字に驚いた。

「正確には7・5回」

「・5って、なんですか？」

「途中まで。最初の1回目は竜二郎が勃たなかったの。ねっ？」

「酒を飲みすぎてたからね～」

顔色ひとつ変えることなく、竜二郎がユリを見て言った。勃起しなかったことを女に言われて平然としていられる男がいることにも驚くし、それに、

「7・5回って、だけっていうには多くないですか？」

ユリは混乱していた。その生々しすぎる回数にも、初対面の自分に対する二人のオープンさにも。

「それが多いか少ないかは関係によるでしょ」

最初からそれを聞いているのにもかかわらずミクは、なにいってんのあなた、というような顔で肩をすくめてみせた。

「えっ、じゃあ今はもう、その、そういうことは、していない感じですか？」

もっと詳しい内容を聞きたくなったエロい気持ちを隠そうとしたら、日本語がヘンになった。

「竜二郎ってしゃらくさいとこあんのよ。こいつ4人の子持ちなの。下の二人が双子。うけるでしょ？　それなのにろくに育児もせずに、サッカー好きだからってこんなスポーツバーやってんの。あ、ここスポーツバーなの、あなた気づいた？」

まったく気づかなかった。

「ほらワールドカップとかさ、友達とみんなで集まって飲める場所が欲しかったんだって。最初は来たけどさ、もうみんな忙しくて誰も来ないわけ。ここ、竜二郎の奥さんのお父様の持ちビルなの。わざと赤字出して税金対策ってことらしいよ。ね？　うざいでしょこいつ？」

何を言われても怒らないどころか、竜二郎はミクの発言をおもしろがっているように見えた。髭《ひげ》をはやした口元がにんまりと、言葉にはせずとも「こいつ、言ってくれるよな（笑）」みたいな雰囲気を醸し出している。

ユリはたのしくなってきた。自分もそんなふうに、タカシの前でこんなふうに、タカシを馬鹿にできたらどんなにいいか。

「竜二郎さんなんて比にならないくらい、私の男はクソです」

タカシのことを、他人にクソだと紹介したらスカッとした。

「最近、婚約したんですけど、プロポーズの理由、なんだと思います？　浮気です」

聞いた直後に自分で答えた。喋り出したら止まらなかった。

「相手の子はもちろん私も知ってる子で。小学校の時に通学するグループみたいなのあるじゃないですか？　私が小6でその子が小1、毎朝私が手を繋《つな》いであげてた近所の子。で、すぐにバレるわけですよ。駅前のホテルとか行ってるわけだから。友達が目撃して連絡が入って。今はネットだってあるのに、このザマです。田舎の人間は意地でも地元からでない。浮気すら半径1キロ圏内で起きるんだなって、心底うんざりしましたね」

「おぉ！」

目の奥をキラキラさせて、竜二郎が感嘆の声をあげた。

「で、問いつめたらあっさり認めて。いろいろ揉めたんですけど最後には彼が、責任を取る、と。私を傷つけた責任を取って結婚してくれるんですって。何様なんですかね」

まるで1ミリも心が傷ついていないかのように話せたことに、ユリはとても満足した。

「あんた、いくつ？」

突然、ミクが投げやりに聞いた。

「えっ、28です。こ、今年9ですけど」

あなたからあんたに呼ばれ方が変わったことに、ユリは内心ビクッとした。

「だからか。結婚がしたいんだ。あんたも、竜二郎並みにしゃらくさいね」

「……」

少し、否、かなり、傷ついたユリに構うことなく、ミクは竜二郎の頭を指差して愚痴り出す。

「みてよ、このニット帽のかぶり方。出会った頃は目が見えねぇよってくらい深くかぶってたのに、今はわざと頭にちょこんとのせるような感じにかぶり方を変えてやがる。ぼーっとしてるように見せかけて、トレンドとかこざかしく調べてっからね。こいつ、こう見えて中身、クソギャルだから」

はぁっと大きなため息をついたミクは、竜二郎の頭からパッとニット帽を取って、目の前のテーブルにポンッとのせた。

ユリにはミクの言う意味が、よく分からなかった。さすがに、やりすぎなんじゃないかとソワソワした。が、竜二郎の口元は、相変わらず少し笑っている。

「はいっ。これ死ぬボタン。レッツ人生リセットボタン。はいっ、押すの押さないの？」

ミクが、ユリに迫るように顔を近づけ聞いてきた。そして、「私は押す」と真剣な目をして、静かに言った。10分前の自分に問いかけられているように感じたユリは、ミクをじっと見つめ返して、小さく頷《うなず》いた。

「いっせーのーせっ！」

ミクのかけ声に、二人は同時に腕を振り上げた。

ばんっ!!　指の腹が痺《しび》れるくらいの勢いで、テーブルの上のニット帽を、二人は思いっきり叩《たた》き付けた。

二人を乗せた飛行機が、ングラ・ライ国際空港に着陸した。シートベルトの着用サインが消えたと同時に立ちあがったのは、ミクだった。

チィッティッティティィッティッティ。ティティティティッティッティ。頭の中で鳴り出したイントロに合わせて首を前後に振りながら、出口へと並ぶ人の列に割って入るタイミングを待っている。

＊

アガるアガる。脳内のビートにミクはアガる。聞こえてくるのは、ニット帽を目深にかぶっていた頃の竜二郎が、否、当時の彼の連れが、歌っていたヒップホップチューン。そういえば、竜二郎は大サビへと繋がる「一点突破」という間《あい》の手を、ノーマイクで入れていただけだった。

男女比4対4の合コンで、二次会の場がそのカラオケだった。あゆやFayrayや平井堅などのセンティメンタルなラブソングに飽きはじめていた頃に、ぶっ込まれたナンバーがこれだった。Zeebraという名のラッパーによる、『MR.DYNAMITE』。日本語ラップというものを、ミクはその時初めてちゃんと聴いた。

連れのラップは聴くに堪えないほど下手クソだったが、カラオケ画面から猛スピードで流れ去ってゆく歌詞からは目が離せなかった。「速攻ゲトる／口説き／上手な奴《やつ》ら」、「バスじゃ／モロ／最後部な奴ら」等。俺イズムな自信に満ちたリリックに、ミクは全身で共鳴した。特に気に入ったのは、サビだ。

「(一点突破) 行くぜヒップホッパー！」

それまでヒップホップのヒの字も通ってきていなかったミクだったが、曲が終盤にさしかかった頃には、オンマイクの男の声をかき消すほどのヴォリュームで叫んでいた。

それ以来、テンションがあがると自動的に脳内にイントロが流れ出す。ＣＤの歌詞カードを見ながら随分と歌い込んだので、今では空を見ながらラップできる。

「学校だ／仕事だ／やめた奴ら／心の底に／不満／溜めた奴ら／怒りすぎて／既に／冷めた奴ら」

まさに／今の／私じゃん！

後光が差して見えるほどアドレナリン全開なミクの後ろで、ユリは座席に腰を下ろしたまま、拭い切れぬほどの睡魔と戦っていた。

電話一本で仕事を辞めたこと。タカシに何も告げずに海外まで来てしまったこと。仕事で国内出張に行くという、電話一本でバレる嘘《うそ》をついてきた両親のこと。

起きていると考えてしまうすべてのことから、身体が逃げようとしている。羽田空港に着いたあたりから、そうとしか思えないような頑固な眠気に襲われ、着席してすぐ寝ていたようだ。約7時間半のフライト中はもちろん、飛行機が離陸した記憶もない。

耐え切れないほどの不安が、防衛本能のようにユリを眠らせようとしているのだ。人生からのエスケープを図った旅だというのに、なんという皮肉。いや、押したのは「死ぬボタン」だ。寝ている状態が一番それに近いのだからこれで良いのかもしれない。

——なんて感じで言葉にしたらちょっとカッコよすぎるか、と自分に突っ込みを入れてから、ユリは「よっこらしょっ」と立ちあがった。

西麻布であのまま夜を明かし、翌朝ミクと旅行会社に駆け込んで、その日の深夜便でバリ島までやってきたのだ。身体が死ぬほど疲労していて当然だった。

機内の細い通路に並んでいる人たちの視線に急《せ》かされるようにして手荷物をまとめ、列の切れ目に勢い良く入り込んでいったミクの後を追った。

笑うと目から鼻筋にかけての彫りが一段と深くなるCAたちに見送られながら、ミクと一列になって出口へと足を進めた。機内から一歩、足を踏み出すと、生暖かい空気に全身がむわっと包まれた。

蒸し器の中に入ったみたいだ！　ユリは初めて体感する湿度の高さについて何か言いたく

なった。が、熱帯モンスーン気候に慣れているのかいないのか、目の前のミクは素早い手つきでパーカを脱いで腰に巻き付けながらも、歩く足を止めなかった。

竜二郎のニット帽を叩き付けた後で、どうせ死ぬなら海外にでも行っちゃいたいと笑いながら言ったのはユリで、ならバリ島に行こうと、案を即座に具体化したのがミクだった。冗談みたいに言い出してみたものの、はじめからユリも半分くらいは本気だった。

昨日の朝、会社から不動産会社にファックスするために、運転免許を持っていないユリはパスポートを持って家を出た。タカシとの新居を契約するのに身分証が必要で、それはそのまま『モンテネグロ』の床に置いたキャンバスバッグの中に入っていた。

大雪と西麻布と流血とミクとパスポート。それらすべての偶然を、必然へと変えられたらどんなに素敵だろう。ユリは夢を見るように思っていた。そう、そのアイディアに対して夢心地だっただけで、その時点では実行するつもりはなかった。というよりも、そんなことはできるはずがないと思っていた。

「あんたの婚約者、メタクソに焦るだろうね。突然、あんたがいなくなるんだから」

ユリを決心させたのは、ミクのこの一言だった。

たった数日間だとしても、何の前触れもなく、携帯の電波の届かないところに私が消えたらタカシはどう思うだろう。慌てふためくタカシの姿を想像するだけで、身体の奥底から笑いが込み上げてきた。何をしたってこいつは俺のことが大好きなのだと、ユリのことを完全に見くびっているタカシを泣かしてやりたい。今までの人生において、こんなに強く何かを願ったことなどなかった。タカシに対しての恨みが、ここまで深いものだったことに自分自身が驚いた。

タカシをつけあがらせたのは、ユリだった。浮気をされても側にいてくれとすがりつき、結婚がしたいと泣きわめいた。だが、タカシが思い込んでいるようにユリがそれくらい彼を好きかといえば、答えはノー。約30年間住んでいる実家から、一日も早く出たかった。両親を説得するには結婚するしか手段がなく、結婚に最も近い男がタカシだった。

そして、これもまたバカみたいな話だが、両親はユリが半年前にグアム旅行に行ったことを根に持っているところがあった。反対を押し切って婚前旅行までしたのだから結婚しなければ許さない、娘を傷モノにして別れたりしたらこっちも黙ってはいない、という脅し文句を母親は実際に口に出してタカシに伝えた。そんな親の異常さを「ユリはお嬢さんなんだね」と解釈したタカシの馬鹿さ加減がありがたかった。この両親とうまくやっていけるのはこの人しかいないと、ユリは確信したのだった。

ここまできて、その存在を失えない。浮気を知って、ますますタカシに執着した。深刻な怒りはいつだって、時間差をもって訪れる。

悲しみと焦りの海に溺《おぼ》れていたユリが怒りを感じはじめたのは、浮気問題で乱れたタカシとの関係がすっかり落ちついてからだった。

婚約し、両親にも報告し、実家の近くとはいえ新居も決まった。その頃には既に、タカシは自分がユリを傷つけたことなどさっぱり忘れた様子でいつも通りに接してきた。そのフツウさが、いちいちユリのかんに障るのだった。新居探しひとつをとってもすべてをユリに任せっきりのタカシから、「敷金って交渉すれば1ヶ月分とかになるらしいよ」とサラリと言われたりする時に、噴火寸前のマグマのような怒りが自分の中にあることに気づくのだった。

タカシに、自分が死んだと思わせたかった。失って初めてユリのありがたみに心底気づき、それまでの自分の傲慢《ごうまん》さを気が狂うほど後悔し、血を吐くほどの勢いで嗚咽して欲しかった。

――だから、これで良い。

イミグレーションカウンターに座った強面《こわもて》のおじさんが、パスポートにポンッとスタンプを押した。羽田を出国した時とまったく同じやり方で自分を再び納得させ、ユリはインドネシアに入国した。

こ、これは――。

ミクはとっさに身構えた。トラウマにも近い、ミクがなによりも憎んでいる状況が、前から紺色の旗をパタパタと振って近づいてくる。

今頃バゲージクレームでスーツケースを待っているその他大勢のツアー客とは違い、手荷物のみでサクッと外に出てきた自分たちが、一組目だった。旅行会社といえば——というくらいメジャーなアルファベット三文字がデカデカと書かれた旗の前に立ち、その他大勢の到着を待つ羽目になった。

ミクはまた、対面していた。この世で最もフツウな集団に属している自分自身と、ここにきて。デジャブのようなショックをミクは、全身に食らった。

やり場のない怒りが、ふつふつと込み上げる。不機嫌がにじみはじめたミクの顔に、ふわっとピンク色のフラワーレイがかけられる。ミクを下から見上げるようにキラキラとした視線を送ってくる、現地の若い男性ツアーガイドの笑顔にミクは、思いっきり苦笑した。

「わぁ！　かわいい。マトゥール・スクスマ」

一歩遅れてやってきたユリは、首にかけられたレイを素直に喜び、竜二郎から教わったバリ語でガイドに礼をしている。海外旅行自体が二度目というユリは、ダサいことをダサいとも気づかずに楽しめるピュアな心の持ち主で、その凡人ぶりにもミクは心底落胆した。

「ミク、さん、とユリ、さん、おふたりであっていますか？」

ガイドが二人の顔を交互に見て怪訝な顔をしているのに気づいたミクは、せめてもの腹いせに、こっそりウィンクを返してやった。

旅行会社のカウンターにて、ミクはハネムーン特典をゴリ押しして付けさせた。できれば本日中に飛び立ちたいという申し出に、心底驚いた顔をした人間を見るのは気分が良かった。ユリがトイレに抜けた隙に、私たちは新婚だからハネムーン特典を付ける権利があると主張した。担当者の男が椅子から転げ落ちそうになった瞬間、ミクの興奮はピークに達した。

派手にブチかます準備は整った。まるでレズビアンのラップスターのような気分でそう思っていた。それなのに、レイを首から下げた私たちは、これからツアーバスに詰め込まれ、ホテルのチェックイン前に行きたくもないＤＦＳ（デューティ・フリー・ショップ）に連れていかれるようだ。

『■往復らくらく直行便■豪華プライベート・ヴィラ泊！　バリ島4日間15万９０００円』

甘かった。最終日のディナー以外のオプションはすべて取っ払って終日自由行動にしたので、大丈夫だと思っていた。まさか、こんないかにもツアーっぽい野暮なアクティビティーに出鼻を挫《くじ》かれることになるとは……！

ぞろぞろと、スーツケースを押した日本人観光客が周りに集まってきた。ガイドが、「今でしょ！」というもう既に死語化しつつある日本のギャグを連発して皆の笑いをとっている。

ミクは今こそ「死ぬボタン」を押したくなった。

　太陽に、殺されそうだ。まだ午前中でこれなら、午後はいったいどうなる。

　まだらな染みができたムートンブーツからミクに借りてきたビーサンに履き替えるため、DFS前のロータリーにしゃがみ込んだユリは身のキケンを感じていた。虫眼鏡で一点に集中させた日光でジリジリと焼かれているかのように、つむじが熱く、痛いのだ。普段はまったく意識していない自分のつむじの位置が、嫌でも分かる。

　汗で湿った五本指ソックスを手に立ち上がると、キーンと嫌な耳鳴りがした。ここでの買い物に、予想以上の体力を消耗させられた。値札に並んだルピアの桁《けた》数の多さに面食らいながらも、買うつもりのないものまでいちいち円に換算しようとしていたので、普段使っていない脳の一部をフル稼働させる結果となった。

　雰囲気にのまれるようにして購入したDFS限定のレスポのポーチは、やはり自分では使わなそうなので母親のお土産にでもしようと考えていたら、こめかみのあたりがジンジン痛みだした。肌にじっとりと絡み付くスチーム状の熱い空気も、疲れ切った身体に重たく感じられた。しんどかった。1秒でも早くシャワーを浴びて、溶けるように眠りたい。

もし、これがほんとうに新婚旅行だったなら、間違いなく成田離婚だ。

白を基調としたモダンなエントランスから、木々に囲まれた自然の中へゆっくりともぐってゆくような、ヴィラまでの道のり。ドアを開けるとまず目に飛び込んできた、クリスタルブルーのプライベートプール。その脇にはオープンエアのバスタブとキッチン。百平米はありそうな部屋の真ん中には天蓋《てんがい》の白い布が吊《つ》るされていて、キングサイズのベッドをふんわりとロマンティックに包み込んでいる。

白いシーツの上には、散らされた深紅の薔薇《ばら》の花びらが。中央には、ハート型のパウンドケーキが置かれた丸い皿があり、「Happy Honeymoon」と縁取るようにチョコレートで書かれている。

その、真横に倒れ込むようにして、ユリが寝てしまった。レイひとつで大喜びしていたくせに、肝心のうっとりポイントをすべてスルーし、「頭が痛い」とだけ言って。

ウソでしょ、と思ったミクが何度身体を揺すってみても、ユリはビクとも動かない。仕方なく足からビーサンを脱がし、花びらを床に落としてシーツを腹にかけてやった。ため息をついたら空腹を感じ、ミクは手に持っていたケーキ皿をそのまま口に近づけた。が、ケーキの上にとまっていたハエのようでハエではないヘンな虫が目にとまり、食欲が失せた。

丸二日眠っていないのは、ミクも同じだった。興奮状態にあるので眠気は感じないが、このまま走り続けると充電がプツリと切れたように動けなくなる。体力の限界を知っている程度にはもう大人で、いくら気持ちは若くても20歳の頃のようには動けない。少しだけ仮眠を取ることにして、ユリの隣に横になった。

庭から差し込んでいる光が、ミクの寝起きの目には眩《まぶ》しかった。まだ、昼過ぎくらいだろうか。いや、もっと長いこと眠っていたような気がしてならない。枕の下に手を滑らせ、iPhoneを指で探りあてる。目を細めて画面を確認すると、日付が変わっていた。

丸一日、眠っていた。信じられないような気持ちで上半身を起こすと、隣で眠り続けているユリに気がついた。耳元で名前を呼んでも、強く揺すっても起きる気配がない。さすがに不安に思い、胸に耳を当てて心臓の音を聞き、額に手を当てて熱がないことを確かめた。大丈夫そうだと思ったら気がぬけたのか、アホみたいな音を立てて腹が鳴った。

歩いていて若い男に口笛を吹かれるなんて、何年ぶりだろう。女優のようにツバの広いストローハットとショッキングピンクのマキシワンピが、車道を一本挟んだビーチ沿いに露店をかまえる男たちの視線を集めていた。すれ違う男は振り返らないが、遠目にはイケているのだろう。冷静に分析しつつも、若い男たちに手招きまでされて、悪い気はしない。

一歩部屋の外に出た時はあまりの日差しの強さに引き返そうかと思ったが、うだるような暑さにも慣れてきた。ホテルから出て一番に目に入ったイタリアンレストランで一瞬のうちに平らげた、クリーム系のシーフードパスタも美味しかった。空っぽの胃に突然のインドネシア料理はキツイだろうと思っての選択だったが、正解だった。

小さなことだけど、大事なことだ。ハズしてしまうことも少なくない。でも今日は、自分が選んだ服も食も、今の気分にジャストマッチ。サングラス越しにも、空はどこまでも真っ青で、思わず上を向いたら視界の下に、ヤシの木々が黒いシルエットとなって映り込む。レンズを少しずらすと、もくもくと広がる入道雲の白さが、目に痛いくらいだ。

ジンバランのビーチ沿いを歩いて、クタへ向かっている。目的を持たないただの散歩だ。この道を、誰と会話をすることなく歩いていることも、ミクの気分に合っていた。ユリには、さっきのレストランでなにかテイクアウトして帰ってあげよう。

いつになく澄んだ優しい気持ちで、ミクが車道をビーチ側に急ぎ足で渡っていると、

「おね〜さ〜ん」

同じように反対側から車道を渡ってきた若い男が、一度通り過ぎてからミクの方を振り返った。染めているのではなく、海の塩とこの日差しで茶髪になったのだろう。肌は真っ黒で、一昔前に渋谷にいたオカサーファーのような風貌をした現地人の男の子。いや、ここが地元なら〝オカ〟ってことはないかもしれない、と思い直していたら自然と足が止まっていた。

彫りの深い、ハンサムなギャル男が、ミクを面と向かって指差し、言った。

「だいすきですか〜？　ど〜ですか〜？」

どうって、なんだ。身売りか⁉　しかも、大好きってなんだ。私はそんなにも性的欲求が満たされていないように見えるのか⁉　って、私は買う側なのか⁉

一瞬でも何かを期待した自分を心から恥じ、ミクは残りの車道を走って渡った。髪に巻き付けるタイプのカラフルなミサンガや、サイドを編み込みにするサービスを「せんえんでいいよ〜にほんのおかねだいじょうぶ〜」とすすめてくるノンキな輩《やから》をかき分けて、ビーチへとぐんぐん足を進めた。砂に足をとられて転びそうになったので、ビーサンを脱いでバッグに入れ——たところで、ミクは気がついた。さっきのギャル男が指差していたのは、このバッグのこの大麻柄だ。

吸いたい！　ミクはマリファナを、この機会に是非、吸ってみたかった。

来たばかりの道を回れ右して裸足で走った。アスファルトに出た瞬間、足の裏の皮膚が焼けるような熱を感じて飛び上がった。立っていられずにピョンピョン飛び跳ねながらも、目ではさっきの男を必死で探した。

このバッグを持っていればまた声がかかるだろう。男はもういなかったが、ミクはすぐにそう思って歩きだした。「クタに行ったらウブドに連れて行ってくれるという現地の男と出会ってそこからがたいへんだった」という竜二郎の言葉を思い出していた。怪しいクラブに連れて行かれて、見るからにヤバそうなドラッグを売りつけられそうになったらしいが、そんな自慢はどうでも良い。とりあえずクタを目指して歩くことにした。

「ノーサンキュー」を言い飽きた。クタ中心地は、確かに人で賑《にぎ》わっていた。でも、どんなに客引きの多い道を歩いても、ミクが薦められるのは、植物を編み込んでハンドメイドされたバッグやゴローズのデザインをぱくったシルバーアクセなど。マリファナのマの字にも近づけず、いつの間にか周囲は勧誘のニホンゴと流暢《りゅうちょう》な日本語で溢《あふ》れ返り、パッと顔をあげたそこはまさかのＤＦＳだった。

おわった。心の中で、ぼそっと言った。ミクにはこれが、てめぇはどこまでいっても凡人なのだという、神からのお告げのように見えたのだった。

自分は、トラブルの方がよけて歩く女なのだ。すっかり日が落ちて真っ暗になった海沿いの道を、怖いとは思わなかった。海の塩を含んだ湿った空気のせいで両腕がベタついていることが、ただひたすら気になった。

ミクは両足のビーサンをパタパタと引きずりながら、両脇をキャンドルライトでムードたっぷりに照らされたホテルのロビーを抜け、ヴィラへと戻った。

ベッドサイドのテーブルに汚れた食器が置いてあるのを見て、ユリが起きたことを知った。本人は既にベッドの端っこで丸まって眠っていたが、日本から着てきた黒いＴシャツの色が白に変わっていた。どちらもミクが貸したもので、その白は胸のところに Supreme を真似《まね》た赤いロゴが入っている。去年、竜二郎に貰った韓国土産で、バッタもんだ。

ユリが髪をくるんでいたと思われるバスタオルが、頭からはずれてベッドの上に丸まっていた。手に取るとかなり濡れていて、これが枕元に置かれていたことをミクは不快に思った。

ユリはだらしがない女だった。洗面台の上には黒いTシャツが、シャワールームの床にはデニムが、脱いだかたちのまま放置されていた。しかも、一緒に脱いだ白いショーツが巻き付いていて、汚れた部分が剝《む》き出しになっていた。

これにはさすがのミクも絶句したが、同時になにかが吹っ切れた。シャワーを浴びることをやめ、ワンピース、ブラジャー、ショーツを順番に脱ぎ散らかしながら、外にあるプールへと歩いて向かった。

素っ裸で、勢い良く水の中に飛び込んだ。次の瞬間、心臓発作を起こすかと思うほどの水の冷たさにびっくりして、プールから無我夢中で這《は》い上がった。びしょ濡れの身体で脱ぎ捨てたばかりの服を踏みつけながらシャワーへと走ったが、レバーをどうひねっても水が湯になる気配がない。ヴィラに戻った時は心地よく感じられたクーラーが、濡れた身体に鳥肌を立てる。また水を浴びる気にはなれず、凍えそうな身体をバスタオルに包み、Tシャツの上にパーカを着込んでベッドの中に滑り込んだ。

シーツにユリの体温を感じると気がゆるみ、ミクは少し涙した。

情けなかった。竜二郎のような人間がいる一方で、マリファナはおろかスキニーディッピングひとつできない自分がいる。そう思うと悔しくてたまらなかった。

〝0・5〟回目のファーストセックスをした時はBボーイ風だった竜二郎は、着ていた服のブランド繋がりでそのままアウトドア派に移行し、バックパッカーとなった。7・5回目のラストセックスをした数日後に突然連絡が途絶え、その数ヶ月後にインドに行っていたと聞かされた時には既に竜二郎は既婚者だった。インドで出会い孕ませた日本人のバックパッカー女が実は、誰もが知る大企業の創業者の孫娘で、子どもが生まれる前に式とハネムーンを兼ねてバリ島に行くのだと聞かされた。竜二郎の目の奥の奥がドルマークに光っているのを、ミクは見逃さなかった。カラオケで下手なラップをかましていた竜二郎の連れが、首から下げていたチャームとおそろいだった。

ミクの嫉妬《しっと》は常に、生まれた時から別世界にいるようなその女に対してではなく、うまくやりやがった竜二郎の方に向けられる。

あいつはBボーイの前は、蛍光ブルーのカラーパンツを腰ではく金髪のギャル男だったという。ただ時代に流されるように生きてきた結果、望むものをすべて手に入れた人間を、ミクは竜二郎以外に知らないのだった。

竜二郎が、昔からの夢でもなんでもなかったバーを西麻布に、ただの思いつきでオープンさせて10年になる。どんなに赤字でも潰《つぶ》れる心配のない『モンテネグロ』に通い、ただ酒を飲まずにはいられない。ミクにとってはそれが、せめてものラッキークーポンだ。嗚呼《ああ》、しょうもない。全部、くだらない。クソだ、クソ。そう思ったら心の苛《いら》つきも、やってきた睡魔と共にシーツの中に溶けていった。

ふわぁっと自然に、眠りから身体が覚める。「ユリちゃ〜ん起きなさ〜い」と言う母親の声が届かないところまで、逃げてこられた。目覚めると同時にほっとして、ユリはまた眠たくなる。ふたたび閉じゆくまつ毛の先に、ミクの寝顔が一瞬見えた。

——デンパサールは、朝の七時。

身体は眠っているつもりなのに頭の片隅だけ起きていて、そこに陽気なメロディが流れ出す。字余りしたこの歌詞は、空港から乗ったバスの中でミクに言った台詞《せりふ》。もちろん『東京は夜の七時』のパロディだけど、ミクは窓の外を眺めたままピクリとも動かなかった。少女漫画家と生まれ年は同じでも、ピチカート・ファイブは通ってきていないようだった。

単行本の最後のあとがきページに、先生の手描《てが》き文字で好きだと書いてあった。当時まだ小学生だったユリは、こづかいを貯《た》めてCDを買いに行った。それくらい、漫画家のファンだった。月にたった一度の「りぼん」の発売日を、他のどんなことよりも楽しみにしていた。恋やキス。男の子にまつわるすべての憧れは、先生が生み出す主人公たちが原点だった。

タカシの浮気が発覚した頃、無謀とも言える企画を思いついた。ユリが担当するのはカタログに同封されるスーパーの通販チラシだったが、その中に先生に、野菜のイラストを書き下ろしてもらえたら素敵だと思った。ユリは、公式ホームページから先生に依頼のメールを出した。野菜のイラストだけでは失礼にあたるかもしれないと思ったら、つい「連載」という単語を出していた。

タカシとの婚約が決まり、すっかり諦《あきら》めかけていた頃に先生からの返信があり、一度打ち合わせをできる運びとなった。足が、宙に浮くような出来事だった。が、同時に心が重たくなった。チラシはもちろん、他の企業からの注文を受けて制作している通販カタログの中にも漫画を連載できるページなど当然なく、一枚のイラストに出せるギャランティはたったの数千円。打ち合わせの時間を割いてもらうだけで、詐欺行為に近かった。

それでも先生と「打ち合わせ」がしたい気持ちと、実際に先生を前にしたら更に嘘を積み重ねてしまいそうな怖さとの狭間《はざま》にいたユリを、あの大雪が救ってくれた。

キャリアに生きる道を選べるほど、仕事をおもしろくなんかできなかった。転職するにも地元を離れることは親が許してくれないし、というのはただの言い訳だ。結局のところ、自分の能力の限界を試す前に、そこまでするのに必要な気力を失った。

つまり、手遅れ。そう思うと目の前の仕事を投げ出してしまいたい衝動に駆られたが、会社に迷惑をかけてはいけないと踏みとどまった。でも、その心配もなかったのだ。西麻布で、勢いに流されるようにして「辞めます」と電話を入れたら、校了済みの号をもってカタログが廃刊することを社長に告げられ、逆に「助かった」とまで言われてしまった。

東京は、今、何時だろう。

意識が、東京から地元の埼玉に、向きかけたところで脳がストンと眠りに落ちた。


わざわざ海外まできたのだから何かしないともったいない、という貧乏臭い発想を捨てた。否、全部は捨てきれなかったミクは、ホテル内のスパで90分のオイルトリートメントを受けてヴィラへと戻ってきた。

プロの手でピシッとベッドメイクされたシーツの上に、ユリが大の字で眠っている。ということは一度、起きたのだろう。部屋を見渡すと、洗面台の上に使用済みの食器をのせた白いトレーが置いてあった。

ほんとうに、雑な女だ。ベッドの端にゆっくりと腰をおろし、ミクはユリを見下ろした。

もう数日間も貼ったままだったバンソーコーが、ふにゃふにゃにねじれた状態で、ユリの鼻の頭にひっついていた。それを指でつまんで剝《は》がしたミクは、小さなガーゼの部分にできた黄色い染みを鼻に近づけた。

　スパ帰りのミクが全身にまとっているレモングラスのアロマの香りを、一瞬でかき消すほど強烈な臭《にお》いがした。それなのに今度は、ユリの額の小さな傷跡を四角く囲むようにしてこびり付いているバンソーコーの跡に、鼻先を近づけた。さっきほど強烈ではなかったが、やはりなにかが発酵したような臭いがした。

　同じ布団で一緒に眠るという行為は、セックス以上に情が移るとどこかで読んだが、ほんとうかもしれない。ユリの臭いが、嫌ではなかった。死んだように眠り続けるユリが近くにいることにも、独特の居心地の良さを感じていた。

　深く、深く眠っているユリを見ていると、この旅そのものを肯定したい気持ちになった。私たちにはこの睡眠が必要だったのだ。最終日になって、ミクはそう思いはじめていた。

「私たちは、バリ島に、眠りに来た。後付けだけど、そういうことよね」

　まだ眠たそうな顔をしているユリにミクは言った。ホテルから乗り込んだタクシーは、クタとは反対方向のウルワツへと向かっている。バドゥン半島の先端に位置するそのレストランは、竜二郎が挙式した場所だ。ツアーのオプションの中にその名を見つけた時から、ミクは偶然のように始まったこの旅に、必然性を感じていた。

「月曜の朝に通勤電車に飛び込んじゃう人のそれって、突発的だと思うのよ。よくよく考えちゃったら、誰だって死ねないじゃない。だからね、勢いだけで仕事辞めちゃうくらい、どうってことないのよ」

少しずつ、眠気が遠のいてゆくにつれ、現実に引き戻されていくのをユリは感じていた。ミクも同じ気持ちなのだろう。まるで自分に言い聞かせるように喋っている。でもその横顔は、窓から差し込む夕日に縁取られていて、綺麗だった。

ベージュの布で包まれたダイニングチェアと、真っ白なクロスがかかったガラステーブル。その上にセットされているのはチェアカバーと同系色のナプキンで、中央にはガラスに入ったホワイトローズ。ウエディングリゾート内に併設されたフレンチレストランは、テーブルの角からストンと落ちるクロスの先まで洗練されていた。

「素敵すぎる」と連呼するユリの隣で、バックパッカー同士の結婚の場としてはコンサバすぎるし地味だとミクは感じた。が、テラスへと通された途端に視界一面に広がった絶景に、二人は同時に息を呑んだ。

まず目に飛び込んできたのは、崖《がけ》の先端に位置するテーブル席。高い天蓋の両端にくくられた白いシルクが、空の中を踊るようになびいている。

視界の七割を、ウソみたいな色をした空が占めている。上の方に広がる青から、水平線に沈みかけている太陽にかけての、ブルーオレンジのグラデーション。その真ん中には、紫色の雲が、もくもくと浮いている。一瞬ユリは、自分が今、何処にいるのか分からなくなる。

遠く、インドまで広がる、インド洋。夕日をキラッキラと反射させている水面の輝きが、ミクの目をヒリヒリさせる。眩しくて、水平線を直視できずに目を細めると、天蓋についた白いシルクが視界の中でヒラヒラ舞う。

「ソーリーザッテーブルズリザーブド」

まるで、天国のような光景に言葉を失っていた二人が何か言う前に、インドネシア人のウエイターの低い声がした。リザーブド。つまり、あそこは予約席!?　数テンポ遅れて言葉の意味を理解した二人は、ドアの真横に位置したテーブル席に仕方なく腰を下ろす。

「竜二郎は、あそこに座ったんだわ」

ミクはそう言いながら、この絶景を遮るものなどなにもない、白い天蓋席からの景色を想像する。二人は、この世で最もロマンティックなテーブルを眺めながら、食事をするかたちとなった。ミクは不満だったが、ユリは胸がいっぱいだった。丸い天蓋から風になびくシルクの美しさを、ここからいつまでも見ていたかった。向かいに座るミクの長い黒髪も同じように揺れていて、自分の席からの眺めをとても気に入った。

「竜二郎さんのこと、好きなんですね」

うっとりとした口調でユリがつぶやくと、

「やめてよ！」

ミクがピシャリと言った。

「とっくに飽きてんのよ。いつまでも好きな自分に、とっくに飽き飽きしてんのよ」

日本にいる時よりもウェーブが広がってもっさりした髪を、かきあげるというより持ちあげながら、ミクは不機嫌な声をだした。あっさり認められたからか、ミクが竜二郎のことをずっと好きでいることを意外に感じた。

自分で言ったことなのに、そうだったんだと、驚いた。テーブルの下に腕を伸ばして、向かいに座るミクの脚をよしよししてさすりたくなった。

「私も」

そうする代わりに、ユリはミクを見つめてそう言った。

「母親を喜ばせたくて、それに人生をかけてしまう自分に、だんだん飽きてきました」

「私はさぁ」

ミクが言う。

「大雪の夜に西麻布で出会った女と、意気投合して、翌日一緒にバリ島に飛んだ。その一行が、この人生に残ったことに、けっこう満足してんのよ」

　ニッと唇を横に引いてユリに笑ってみせてから、ミクは、海を見た。特別なテーブル席の奥にある、水平線だけを、意識して見つめた。

「私たち、ものすごく勇敢で、とてつもなく素敵なこと、しちゃいましたよね」

　ユリは、自分の声が震えていることに気がついた。言いながら、なんともいえない達成感が胸に込み上げてきたのだ。

　自分たちは、西麻布のアイスクリームショップにいた二人組のギャルみたいだ。「こんなことしちゃったうちら」に、はしゃぐどころか、どうしよう、感動して泣きそうだ。

　運ばれてきたばかりの前菜――リンゴのムースの上に、ポツ、ポツと、雫が落ちたように見えた。いや、球体に固められたムースの上にちょこんとのせられていたキャビアが数粒、ポロポロと皿に落ちたので間違いない。と思った次の瞬間には、世界中のバケツをいっせいにひっくり返したような激しい雨が、インド洋を、テラスを、ミクとユリを、いっせいに激しく叩き付けた。

「やべい」

　一瞬にしてビショ濡れたミクの黒髪を見ながら、ユリは思わず言っていた。根元から毛先にかけてチリチリと、細かいカールがくっきりと浮かびあがっていく様子は、まるでなにかの魔法みたいだ。

今にもパーマ液が匂ってきそうな髪の束を顔面に張り付けたまま、ミクの口がジュリア・ロバーツみたいにニッと笑った。それを合図のようにして、二人はブッと盛大に吹き出した。おかしかった。今のこの状況も、ここに来た経緯も、人生も、なんだかもうすべてがぜんぶ、ちゃんちゃらおかしい。腹の底から笑いが込み上げてきて、止まらない。最高の気分だ！

「ノーノーノー」

すっかりキャビアレスになったリンゴのムースを慌ててトレーに戻そうとしたウェイターの手を、爆笑しながらミクが止める。

「マトゥール・スクスマ」

皮膚が痛いくらいの雨に全身を打たれながら、ユリは笑いをこらえてなんとかつぶやく。ミクもユリに続くようにして、胸の前で手を合わせる。中に溜まった雨が今にも溢れそうな銀のスプーンを、二人は、それぞれ、手にとった。


「完」

山の上の春子

青山七恵

NANAE AOYAMA

2005年に「窓の灯」で文藝賞を受賞しデビュー。07年に「ひとり日和」で芥川賞受賞。09年「かけら」で川端賞受賞。著書に『お別れの音』『わたしの彼氏』『あかりの湖畔』『花嫁』『すみれ』『快楽』『めぐり糸』『風』など。

もっと左、左だと言うので少し手をずらしてぐっと押すと、春子《はるこ》はああっと声を上げて、しばらく動かなくなった。

「春ちゃん、大丈夫？」

押した腰骨のちょっと左のあたりを、みなとは軽くさする。上から思い切り投げつけられた泥玉のように、春子のからだは敷き布団にべっちゃりへばりついて、服越しにでも、さわっていると手のひらがねばついてくるようだ。

最後にぽぽんと腰を叩《たた》くと、みなとは敷き布団の余白で手のひらをぬぐった。

「押しすぎた？」

「ううん。」

「治った？」

「うん。」

春子はゆっくりとからだを仰向かせ、みなとににいっと笑ってみせる。ぶあつい唇から覗《のぞ》く、並びのよい大きな歯と歯のあいだに黒いものが挟まっている。

「春ちゃん、歯。」

「え？」

「歯、歯。ちゃんと歯みがきしなくちゃ。」

「なんかついてる？」

「なんだろ。……海苔《のり》……？」

食べたばかりの朝ご飯に想《おも》いをめぐらすみなとをよそに、春子は口に指をつっこみ、歯ぐきをかきまわすような動きをしてから、再びにいっと笑ってみせた。

「バッチイなあ。手、洗ってきてよ。治ったんなら、さっさと立ってよ。」

言いながらみなとは、春子の口につっこんでいないほうの、きれいな手を掴《つか》んでひっぱった。起き上がる気のないおおきなからだは、びくともしない。みなとはあきらめて、手をつなぎながら自分だけ立ち上がった。

みなと、春ちゃん、布団！　母屋《おもや》から怒鳴り声が聞こえる。はあい、今行く、みなとが大声で返事する一方、春子は唇をなめなめしながら、みなとに掴まれていないほうの、唾液《だえき》でぬれた指を畳にこすりつけている。

「春ちゃん、布団干さないと。」

「うん。」

「お母さん、ちょっと機嫌悪いみたいだから。」

「うん。」

「行こうよ。怒られちゃうよ。」

「おばさん、なんで機嫌悪いの。」

「ミュージシャンたちが来るからでしょ。」

「ああー。もうそんな季節なんだ。」

「今年は二十人くらい来るって。」

「へえぇ。今年は誰が、みなとを連れ去ってくれるんだろ。」

みなとは上から、思いきり春子をにらんだ。手を離そうとしたけれど、今度は春子が離さない。

「うそうそ。冗談。あんたはもう、ひとのものだしね。」

よいしょと声をあげ、立ち上がろうとした春子が急に体重をかけてひっぱってきたので、入れ替わりに、みなとが布団にずるっと膝《ひざ》をつく形になった。春子はぶじに立ち上がったけれど、すぐにみなとの肩をむんずと摑み、またしても、ああっとうめく。

「押して。」

「ええ？」

「ここ、思いっきりやって。」

「どこ、ここ？」

みなとは膝を布団についたまま、中腰になっている春子の左腰を、重ねた両手でぐっと押した。手はどこまでも春子のあつぼったい肉のなかにもぐっていって、このまま体重をかけていたら、向こう側につきぬけてしまいそうだ。

「ああそう、ああー、そうそう。もういい。」

春子はひざまずいているみなとに向かって、また歯をむきだして、にいっと笑ってみせた。さっき指をつっこんできれいになったはずなのに、なぜだかまた、歯のあいだに黒いものが挟まっている。

みなとは、春子の体温でまだぬくい布団についている両膝が、ずぶずぶと沈んでいくような気がした。


みなとと春子は、五歳の年の差があるいとこ同士で、みなとは今年三十一、春子は三十六になる。

みなとの家は、新潟県は十日町《とおかまち》の清津峡《きよつきよう》近くにある、老舗《しにせ》でも新しくもない、なんとも中途半端な観光旅館だ。戦後、株取引で一山あてたみなとの祖父がほかに金の使い道を思いつかず、清津峡へ行く観光客向けに山あいの国道沿いに開業したのが始まりだった。

開業当初はそれなりににぎわったらしいけれど、温泉が湧《わ》いているわけでもなく、だからといってこれといった特色があるわけでもないから、経営状況は年々悪化している。昔は従業員が住み込みで働いていたけれど、今では料理人が一人、パートの仲居さんが一人か二人、通いで働いているだけだ。みなとの父は、祖父に対する義理立てから旅館を引き継いだだけで、積極的に旅館を発展させていこうという気が、そもそもなかった。気まぐれに一念発起して、ホームページを立ち上げようとしたこともあるけれど、勉強しているうちになぜだかオンライン・ゲームにはまってしまい、今では旅館の仕事はほとんどしない。旅館を動かしているのは、みなとの母だった。今の代で廃業することは、すでに家族会議で決まっている。あと何年かしたら、夫婦は土地も建物もまるごと売り払い、越後《えちご》湯沢《ゆざわ》の駅前にマンションを買って隠居するそうだ。廃業が決まって以来、みなとは旅館の手伝いをやめ、町なかのスーパーでレジ打ちのパートを始めた。

春子は三年前から、敷地内にある離れ（もとは、みなとの子ども部屋だった）に住んでいる。いちおうは旅館の従業員扱いになっているものの、仲居というわけではない。来たばかりのころは、ほかの仲居さんと一緒に給仕をしたり、お茶を出したりしていたけれど、ひと月もせず「春ちゃんは、力仕事のほうが向いてるね。」とみなとの母親に言われ、それからは布団を干したり、ビールケースを運んだり、使い道はないのに敷地内の木を切って薪《まき》を割ったり、言われたとおり力仕事をしている。

ずっと静岡の実家に住んでいた春子が、この旅館の世話になることになったのは、春子の母親が、妹であるみなとの母親に頼んだからだった。

本人から直接聞いたわけではないけれど、母親と伯母との電話越しでの会話の断片から推し量る限り、春子はどうも、静岡で婚約に失敗したらしい。いわゆる婚約破棄というものなのか、あるいは婚約までこぎつけられなかったということなのか？　みなとはなんとなく、後者ではないかという気がしている。

三年前、ボストンバッグ一つで旅館にやってきたいとこを一目見て、みなとは驚いた。もともとぽっちゃりはしていたけれど、その前年、浜松での法事で会ったときに比べたら、春子は別人のようにふとっていた。

「あたし、追い出されたんだ。あんまりご飯、食べすぎるから。」

笑ってそう言うけれど、実際春子は、とてもよく食べる。でも、食べているわりに、来たばかりのころと比べてそんなにからだつきが変わっていないのは、この山あいの空気が良いのと、力仕事でからだを適度に動かしているせいだろう。みなとだって、けっしてやせてはいないけど、むしろ誰が見ても立派なぽっちゃり体型だけれども、春子と一緒にいると、自分がずいぶん小さくなったような気持ちになる。

春子の滞在は、当初は気分転換がすむまで一ヶ月間くらい、と決まっていたはずなのに、あと一ヶ月、もう一ヶ月、とずるずる帰省を引き延ばしているうちに、今では三年の月日が経《た》ってしまった。一従業員でありながら、流されやすいひとばかりのこの旅館のなかで、春子の立場はなんとなく、年々偉い感じになってきている。だから腰痛だなんだと理由をつけて仕事を怠けていたって、誰も文句は言わないのだった。

「春ちゃん、腰大丈夫？」

離れにつながる廊下から娘と姪《めい》が連れ立って歩いてくるのを見つけると、みなとの母親はまず、姪に声をかけた。

「うん、大丈夫。みなとが押してくれたから、よくなった。」

「あんまりひどかったら、病院行かないとね。」

「みなとに押してもらえば治るから、平気なの。」

「そんなに押してばっかりいたら、からだがでこぼこになっちゃうよ。」

「でこぼこ？　やだあ、おばちゃん！　あっはあ！」

何がそんなにおかしいのか、春子と母親は口を押さえて笑いはじめる。怒鳴っていたかと思うと大笑いしたり、むっつりしていたかと思うと急に目をきらきらさせたり、この二人は実の親子以上に親子らしいと、傍《はた》で見ているみなとはしらけてくる。自分がいなくなったら、今以上に二人は本当の親子らしくなるんじゃないか、そう思うと、ほっとするような、腹が立つような、複雑な心持ちだ。

みなとは来月、この旅館を出て、埼玉に嫁ぐことになっていた。その準備のために、スーパーのパートも先週辞めた。生まれ育った土地へのささやかな恩返しではないけれど、引っ越しの日までは、昔のように旅館の仕事を手伝うつもりでいる。

「お母さん、今日剪定《せんてい》するんでしょ。」

「え？　ああそう。」

「どこ刈ればいいの。」

「門のとこの、カイヅカとツゲと……あとは適当にやって。」

「それ終わったら。」

「裏で空き瓶洗って。」

「それ終わったら。」

「休んでていいよ。今晩から、忙しくなるからね。」

言うと母親は、背を向けて帳場のほうによろよろ歩いていった。

「おばさん、ぜんぜん不機嫌じゃないじゃない。むしろ機嫌よさそう。」

みなとは答えずに、サンダルを履いて外に出た。

今日も朝からよく晴れている。雪がとけてから一度も手入れをしていないカイヅカイブキの生け垣は伸び放題で、刈り甲斐《がい》がありそうだ。みなとは用具小屋に行き、剪定ばさみを二本と、あまり汚れていない軍手を二組選んだ。小屋から出ると、春子はツゲの茂みにしゃがんで、目を閉じている。

「春ちゃん、これ。」

ん、と返事をしたきり、春子は目を開けない。

「あたしがカイヅカやるから、春ちゃんはツゲ、やってね。」

目を開けたので、やる気になったのかと思いきや、春子は声をはりあげて元気よく歌いはじめた。

　唄《うた》はちゃっきり節、男は次郎長
　花はたちばな、夏はたちばな……

一度春子が歌いだすと、本人の気のすむまで歌は止まらない。みなとはあきらめて、剪定ばさみと軍手を芝の上に落とし、一人でカイヅカイブキの生け垣に向かった。

剪定は、子どものころからみなとの好きな作業だった。素人仕事だけど、集中してやれば定規ではかったみたいにぴっちり刈りこむことができる。みなとは生け垣の横に立って、切りそろえるラインを心にしっかりと描くと、それに沿ってはさみを動かしはじめた。

そおれ、ちゃっきり、ちゃっきり、ちゃっきりよ……

春子はまだ、しゃがんで歌っている。無駄にうまいのがまた、みなとをいらつかせた。春子は歌うことと、ひとをいらつかせることのほかに、まるでとりえがない。

きゃーるが啼《な》くんて、雨づらよ……

春子が得意な「ちゃっきり節」は三十番まであって、春子はその三十番の歌詞を、すべて暗記している。そのうえ間奏部分までしっかり間をとるので、ぜんぶ歌うと、三十分近くかかる。

今日の感じだと、十番くらいまでは歌うかなと思ったけれど、春子は二番以降を歌わず、両手をべったり地面について、いつのまに口に入れたのか、くちゃくちゃガムを嚙《か》んでいた。

静かになったのでいらいらも静まるかと思いきや、みなとの心にはなんとなく、釈然としないものが残った。どうしてだろうと振り返ってみると、ちょっと前の春子の言葉がよみがえってきた。今年は誰が、みなとを連れ去ってくれるんだろ。という、あれだ。

誰に見られているわけでもないのに、みなとは頰《ほお》がかっと熱くなるのを感じた。

あのおでぶ、ひとのことバカにして、やな感じ……。

みなとは手を止めて、一度、深呼吸をした。そうやってちょっと心を落ち着かせてから、指のまたの湿り気をTシャツでぬぐい、はさみを持ち直し、それまでの倍の速さで緑を刈り込んだ。気づいたときには、カイヅカイブキの表面はだいぶ斜めになっていた。

七月の数日間、旅館をミュージシャンの一行が借り切るようになったのは、ちょうど春子がこの旅館で暮らしはじめた年だった。

彼らの目的は、苗場《なえば》のスキー場で行われる、大きな野外コンサートに行くことだった。ふつうのお客さんならば、会場近くのホテルや温泉宿に泊まるのだけど、値段は高いし、混んでいるし、かといって、キャンプ場でテントを張るのはガラじゃないということなのか、ミュージシャンたちはわざわざ会場とは反対方向にある、いつでもがらすきのみなとたちの旅館に泊まるのだった。

顔ぶれは毎年微妙に違う。とはいえ、ギターケースを抱えて何台かのバンに乗り合わせてやってくるのは同じで、どいつもこいつも、見た目が金髪であったり、長髪だったり、鼻にピアスをしていたり、ぼろぼろのTシャツを着ていたりする。よく見ればなかにはただのちんぴらみたいなのも混ざっていたけれど、みなとの母親はこだわらず、ひとまとめに「ミュージシャン」と呼んでいた。毎年そのうちの何人かが泥酔して畳を汚すわ、仲間内でけんかを始めて血を流すわ、手間のかかる客ではあるけれど、払うものはきっちり払うし、廃業が決まっているとはいえまだ完全に経営を投げ出してはいないこの旅館にとっては、ありがたい固定客なのだった。

みなとからすればこの一行は、夏の数日間さんざん騒いではただでさえ虚弱な母の神経を消耗させていく、はた迷惑な若者たちでしかない。そわそわしていたのは春子のほうだ。春子はミュージシャンたちが内輪で盛り上がっている宴会場のまえを何度も行き来し、頼まれもしないのにビール瓶のお代わりを持っていったり、お酌をしたり、せっせと給仕に励んでいた。

だから去年、みなととミュージシャンの一人に起こったことは、旅館の誰もをびっくりさせた。みなとは、二日間、ミュージシャンと失踪《しっそう》したのだった。

みなとはそのときすでに、婚約中だった。どうしてあんなことをしたのか、今でもよくわからない。記憶があんまりないのだ。ただ、二日間で七回セックスしたことだけは覚えている。車のなかで二回して、ホテルで四回、最後にまた車のなかで一回やった。相手の男の背中が、ごまをばらまいたみたいにほくろだらけだったことも覚えている。男といえば、婚約者と、大学時代に二ヶ月だけ付き合った彼氏しか知らなかったから、一回目は本当におそるおそるだったけど、相手の男がうまかったのか、たまたま相性がよかったのか、つい夢中になってしまった。ただ、免許証を盗み見て、男が十九歳だと知ったとたん、みるみる冷めた。バスに乗って旅館に帰ると、母親に泣かれた。父親は何か言いたそうだったけれど、結局何も言わなかった。春子だけがへらへらしていた。だいたい春子に、車のなかでペッティングをしているところを見られたのがいけなかったのだ。あまりにきまりが悪くてそのまま車を出してもらったら、なんだか帰りたくなくなって、気づいたらずいぶん遠くまで来てしまっていた。春子はもちろん、両親に告げ口するだろうと思っていたけど、まさしくそのとおりだった。

この失踪事件は、婚約者には知らされなかった。当然だ。ようやく貰《もら》い手がついたのだから、家族総出でそれを邪魔することなどない。

お見合いで決まったみなとの婚約者は、東京で中学校の教師をしている。みなとよりひとまわりも年上の四十二歳で、みなとがお嫁に来たら、二世帯住宅を建ててくれると言っている。

結局みなとは、春子がやるはずだったツゲの剪定まですませて、裏の水道で空き瓶洗いを始めた。

どうせ手伝う気がないくせに、春子もついてきて、逆さまにしたビールケースに腰を下ろしてぼんやりしている。履いているサンダルを投げ出し、脱毛の跡がぽつぽつ目立つ足を広げ、鳥の巣をほんの少しマシにしたみたいな髪を指にからませ、口は半開き、目はうつろだ。

昔はこんなじゃなくて、もっとしゃっきりしていて、かわいいおねえさんだったのになあ……。

みなとは、夏休みになると家族と一緒に一週間ほど滞在し、そのあいだずっと自分の遊び相手になってくれた、かつての「春子おねえちゃん」を思い出した。車から降りてくる清楚《せいそ》な白いワンピース姿の春子を見ると、みなとは嬉《うれ》しくて、叫びながらかけよっていったものだ。あのやさしい清楚な少女が、これが二十年後の自分の姿だと知ったら、瞬時に膝をついて泣き崩れてしまうんじゃないだろうか。

ふと視線を感じて振り向くと、春子の目はおおきく見開かれていた。みなとは、ぎくっとした。

「どうしたの、春ちゃん。」

「来た。」

「え、何が。」

「ミュージシャンたち。聞こえない？　ほおら、来た！」

　耳をすませば確かに、国道のほうからじゃかじゃかと騒がしいものが近づいてきている。まもなくそのじゃかじゃかははっきりとしたロック・ミュージックになりかわり、母屋の向こうの駐車場に、何台もの車のエンジンが止まる音がした。

「今年はさらわれないように、気をつけなきゃね。」

　またしても春子は去年の事件をむしかえして、にやにや笑いを浮かべている。みなとが無視して空き瓶洗いの続きを始めると、春子は「さあ、お出迎えしようっと。」と立ち上がり、おおきなからだを揺らして表のほうに歩いていった。

　バン、バン、バン、荒々しいドアの開閉音に続いて、若い男たちのはしゃぎ声が、裏まではっきり聞こえてきた。


　このミュージシャン一行には、毎年決まってリーダー格の男がいて、四、五人の主要な子分がその男の機嫌をとり、そのほかの男どもは滞在中、飲んでいるか暴れているか、半裸で寝ているかのどれかだった。去年みなとをさらっていったのは子分格の男で、仲間内では几帳面《ちょうめん》で通っていたそいつが一行の会計係も兼ねていたため、いなくなったと知れたときには、激昂《げっこう》したリーダーが、怒りのあまり庭の灯籠《とうろう》を一つ蹴《け》り倒したらしい。

今年のリーダー格は、古賀《こが》と呼ばれている男だった。一目見てかたぎの人間ではないとわかる、くるくるパーマの長髪を黒いハットから垂らし、四角いサングラスにぴっちぴちの黒い革パン、おいらんのぽっくりみたいな超厚底の、編み上げブーツでキメている。何かというと、「古賀さん、古賀さん。」とへいこらされているけれど、当の本人はふんぞりかえるわけでもなく、「サンキューな。」とか、「わりぃな。」とか、意外に謙虚な態度をみせていた。

夕方になると、みなとは春子と一緒に厨房《ちゅうぼう》に入って、宴会で出す料理の手伝いをした。ところが気づくと春子の姿がない。あわてて捜してみると、母親と仲居さんと一緒に、勝手に宴会の給仕に出ているのだった。おかげでみなとと、料理人の山根《やまね》さんはてんてこまいだ。

「みなと、ビールはもっと手前に出しといてよ！　あのひとら、すっごく飲むんだから。」

「あたしはこっちやってるんだから、できないよ。春ちゃん、そっちはお母さんたちの仕事なんだから、こっち手伝ってよ。」

「ぜえんぜん、おばさんたちだけじゃ間に合わないったら。わあ、何？　てんぷらのおつゆ足りない？　みなと、おつゆおつゆ。」

「おつゆ？　山根さん、おつゆどこでしたっけ……」

ようやく宴会が終わって一行が部屋に引き上げると、みなとはふらふらのからだをひきずって、仲居さんと片付けを始めた。久々の宴会給仕に母親はすっかりくたびれてしまったらしく、みなとに戸締まりや風呂《ふろ》の指示を出してから、早々に部屋に引き上げていった。父親はもう、寝ている時間だ。ところで片付けの途中で「ちょっとトイレ！」と言って出ていった春子が、なかなか戻ってこない。はっとして仲居さんに聞くと、「みなさんと、お出かけになって……」と気まずそうに目を伏せた。

「お出かけって、どこへですか。」

「さあ、なんでも、湯沢になじみのカラオケ屋さんがあるとかで……」

「カラオケ？」

「夜でも、一時間百円で歌えるそうで……」

　宴会場の窓から背伸びして駐車場をのぞくと、確かにバンが一台なくなっている。やんちゃな若い男たちと女一人で夜の街に繰り出すなんて、みなとは春子が心配になった。とはいえ春子ももういい年の大人なんだし、何かあっても自業自得だ。なので両親には特に報告もせず、片付けを終えるとさっさと風呂に入り、戸締まりをして、ばったり布団に倒れ込んだ。

　翌朝、目覚ましベルが鳴るなか、みなとが布団のなかでうとうとしていると、駐車場に車のエンジンが止まる音が聞こえた。はっとして時計を見ると、六時三分だ。ドアの開閉音に続いて、あーはっはあ！　と春子の大笑いが聞こえてくる。

信じられない、あのひとたち、今までずうっと遊んでたなんて？

顔を洗って着替えてから、みなとは離れに向かった。春子は鍵《かぎ》もかけずに敷きっぱなしの布団に大の字になって、もうぐうぐう寝入っている。

「ちょっと、春ちゃん。」

揺さぶっても、まるで目を覚ます気配がない。

「もう、バカじゃないの。朝帰りなんかして。春ちゃんはお客さんじゃなくて、うちの従業員でしょう。」

のれんに腕押しだとわかってはいても、みなとは言わずにはいられない。「もうっ。」腹立ち紛れに出っ腹をはたいてふと部屋を見回すと、昨日腰を押してあげたときに一緒に片付けたいろいろなものが、また元どおりになっている。

取り込んだまま、ぐちゃぐちゃと積み重ねられている洗濯物、使ったんだか使っていないんだか、ごみ箱の周辺に広がったままのティッシュペーパー、開けっ放しになっているきなこねじりの袋二つ……袋の一つからは、中身が数本畳の上に飛び出ている。どうしてこういう中途半端な食べかたをするのか、みなとにはさっぱりわからない。腹立たしいながらもなんとなく口寂しいような感じがあって、一本を口に入れて噛んでみると、じゃりっとして、みしみしとして、きなこの香ばしい風味がみなとを一瞬、やさしい気持ちにした。

　みなとは立ち上がってティッシュペーパーをごみ箱に捨て、洗濯物を畳み、きなこねじりの袋を輪ゴムで留めると、春子のからだにタオルケットをかけて、部屋を出た。


　一行の目的である野外コンサートは、滞在三日目に予定されている。コンサートの翌日十時にチェックアウトの予定なので、つまりは三泊四日の日程だ。コンサートがある日を挟んだ二泊三日で十分じゃないかとみなとは思うのだけど、

「あのひとたちは、汚れた東京の空気に染まりきっちゃってるから、まずはこのあたりのきれいな空気で、からだを清めなきゃいけないんだって。」

と、得意気に春子は言う。カラオケで朝帰りした春子の顔は、ピンク色にむくんでいた。みなとは昨日一行が飲みちらかしたビール瓶を、またしても裏の水道で一本一本ゆすいでいた。

「カラオケなんか行ったら、お清めの邪魔にならないの。」

「カラオケはいいんだと思う。だってカラオケで、そういうふうに言ってたんだもん。」

「春ちゃんは何歌ったの。」

「ちゃっきり節。」

「それだけ？」

「古賀さん、いい声してるって褒めてくれた。アン・ウィルソンみたいだって。」

「誰それ。」

「アメリカ人の歌手。」

「だからあ、歌じゃなくて、ちゃっきり節なんか歌うわけないじゃん。」

春子はまた、声をはりあげて歌いだす。

唄はちゃっきり節、男は次郎長
花はたちばな、夏はたちばな……

「お、春子ちゃん、歌ってるね。」

突然声がしたので、みなとはびっくりして振り向いた。ハットから靴まで今日も全身まっくろの古賀が、サングラスをかけて母屋の壁によりかかっていた。

「古賀さん、古賀さん、ここ、ここ。」

春子は即座に立ち上がり、近くにあったビールケースを自分が座っていたケースの隣に置いて、古賀に手招きする。

「さすがは、全国ちゃっきり節大会日本一。」

隣に座った古賀に顔のすぐ前で拍手されて、春子はピンク色の頬をさらに赤らめている。春子は確かに、静岡で長唄を習っていた十歳のとき、ちゃっきり節日本一全国大会子どもの部で優勝したことがあった。ただ、あまりに特別な記憶なので、ひとにはめったに言わないらしく、みなとが賞状の現物を見せられ仰天したのはつい半年前くらいのことだ。そのとっておきの自慢をすでに古賀が知っているということは、春子が古賀を、それだけ価値のある人物とみなしているということだろう。

「もう大昔の話ですよう。」

「いやいや、すごいよ日本一なんて。ものすごい難曲だし。それに男は次郎長って、しびれるね。おれ、次郎長すきだ。」

「あたしもすきです。清水の人間にとって、次郎長はヒーローなんです。」

春子はそう言うけれど、昔見たドラマか何かの影響で、みなとは次郎長をやくざの親分くらいにしか思えなかったし、第一春子の生まれも育ちも、清水じゃなくて浜松だ。

「春子ちゃんの、いとこさんだって？」

古賀はサングラスのふちをちょっと下げて、切れ上がった細い目で直接みなとの目を見た。

アイプチでもしているのか、くっきりと不自然な線が上まぶたに走っている。

「あ、はい。みなとです。」

みなとさんね。じゃあミニーさんだ。よろしく、ミニーさん。」

みなとでいいです、言い返そうとすると、古賀はサングラスを元の位置に直して言った。

「昨日いろいろ聞いたよ。ミニーさんは来月結婚するんでしょ？　だんなさん、東京で先生してるんだって？」

みなとは春子をにらみつけたけれど、春子は意に介さず、ただにやにやしているだけだった。

「東京はマジで最低の街だ。人情もへったくれもありゃしない。でもおれは、その東京で生きずにはいられない。」

「正確には、学校が東京にあるだけで、住むのは埼玉の、上尾《あげお》ってとこなんですけど。」

「ひまだったらライブ来てよ。春子ちゃんも来てくれるんだよな？」

「もちろん行きますう！」

「興奮して、脱いじゃう女の子もいるんだよ。」

肉付きのいい春子のからだに臆面《おくめん》もなく当てられる古賀の視線を、みなとはたまらなく不快に感じた。「わたし、草むしりする。」ビール瓶洗いを中断して立ち上がると、春子は「おつかれえ。」と甘い声を出した。

母屋の角で振り向くと、さっきは拳《こぶし》一つぶんくらいは離れていた二人のからだが、この数秒足らずのあいだに、ぴったりくっついている。春子が近づいたんだか、古賀が近づいたんだか、わからないところがさらにいらついた。去年もそうだった。あたしがあのひとに近づいたのか、あのひとがあたしに近づいたのか、わからないけど、気づけば二人はくっついていたんだった……。

みなとは頭を振って、男のほくろだらけの背中を心から追い出そうとした。


その晩も宴会だった。

でしゃばりの春子はまたせっせと給仕とお酌に励み、汁物をこぼしたり運ぶ順番を間違えたりして、仲居さんの仕事を増やしている。そのわりに料理が遅いだの、てんぷらのころもがしなっているだの、みなとと山根さんにいちゃもんをつけにきては、ビール瓶を抱えて座敷に走りかえっていく。いちいち付き合ってはいられないので、みなとは聞き流していたけれど、ムカつくことはムカついた。

宴会が終わると、酔いつぶれなかった者たちは前日のようにカラオケには繰り出さず、庭に出て、ギターをかきならしはじめた。幸い近隣に民家やほかの旅館はないので、近所迷惑にはならないけれど、疲れたからだで片付けをしているみなとの耳にはひどく障る。

　片付けの合間にようすを見てみると、春子は古賀の横にぴったりくっついて座っていた。いつのまにかリーダーの女扱いされているらしく、ビール瓶を持った子分に、お酌までされている。ほとほとあきれて片付けを再開しようとしたところ、「みなと！　電話！」帳場に引っ込んでいた母親が呼んだ。

　行ってみると、「小林さん。」と無表情で言われる。みなとは子機をとって、少し離れたところで受話ボタンを押した。

「もしもし。」

「あ、もしもし。みなとさん？」

「はい、みなとです。」

「遅い時間にごめんね。ちょっと家のことで……」

「あ、はい、なんでしょう？」

「駐車場は、三台ぶんあったほうがいいのかな、と思って。」

「え？　駐車場？」

「ほら、うちの父と母は、二人とも一台ずつ持ってるから。僕たちは、今は乗らないけど、ゆくゆくはきっと、車持つようになるんじゃないかな。」

「ええ、まあ、そうかもしれませんね。」

「でもまた増税になるんだし、今のうちに買っちゃったほうがいいんじゃないかとも思うんだ。」

「まあ、いつか買うなら、増税前に買っちゃったほうが、いいのかもしれないですよね。」

「でもするとさ、やっぱり駐車場三台ぶん必要ってことになって、家の敷地が狭くなるよね。」

「ええ。」

「だからやっぱり、買うのは無理なのかなって。」

「ええ……」

それから三十分ほど、みなとは婚約者の車の話を聞いていた。子機を置きにいくと、母親が「小林さん、なんだって？」と聞く。

「なんか、車買おうと思うんだけど、買えないと思う、って。」

「どっちなの。」

「わかんない。」

「なんでいつも、こっちの電話にかけてくるのかしら。あんたの携帯にかけろって言いなさいよ。」

「二回くらい言ったんだけど、なんでだろう、忘れちゃうのかな……」

「真面目なひとよね。」

来月には、今電話で話した男と埼玉県で所帯を持ち、一年後には完成した二世帯住宅に、義父母と住む。そんな自分の未来を、みなとはまだ他人事のようにしか想像できなかった。いろいろと苦労があるだろうな、とは思うけれど、その苦労も、まだほかにいろいろある選択肢の一つでしかなく、自分にはもうそれしか選べないのだ、という実感が、まるでなかった。

「春ちゃん、あのひょろいリーダーと仲良しみたいね。」

母親はボールペンをつんつんと上に向けて、かすかに聞こえるけれど、そこにはない音楽を指す。

「そうなの。相当、入れこんじゃってるみたい。昨日なんか朝までカラオケ行って、お昼過ぎまでぐうたらしてたのに、宴会のときだけまた元気になって。いちおう従業員なんだから、お母さんもなんか言ったら。」

「去年のあんたの、真似《まね》してるんでしょ。」

「………」

「にぎやかでいいわ。」

みなとはむっとして、「おやすみ。」と言ったきりその場を離れた。

自室に戻る途中で再び庭のようすをうかがうと、さっきより人数はまばらになり、たぬきの石像の隣のちいさな電灯の下で、古賀がギターを弾いていた。半円形に彼を囲む子分のなかに挟まって、春子はショートパンツから伸びるむっちりした足を投げだし、蚊にでも刺されたんだろう、しきりに太ももをぼりぼり掻《か》いている。春子だけでなく、子分たちも首やら腹やらを掻いている。古賀も一曲弾き終えるたび、腕と足首を掻いている。ぼんやりした自分の未来の苦労よりも、薄やみでかゆがっている、庭の酔っぱらいたちの苦労のほうが、今のみなとにはなんとなく近しく感じられた。

蚊とり線香とキンカンを持っていったら喜ばれるだろう……思いながらも何もせず、ぼんやり眺めているうち、オレンジ色の光で急に視界が明るくなって、はっとした。見るとキャンプファイヤーのように、一同の中心で火が燃えている。燃やされているのは前日にみなとが刈った、カイヅカイブキとツゲの枝だ。

「ちょっと、何やってるんですか！」

みなとは慌てて裸足《はだし》で外に飛び出し、水道からホースをひっぱってきて、炎に向かって放水した。古賀と取り巻きたちはうひゃあとまぬけな声を出してギターを水からかばい、母屋の縁側へ逃れていく。

「もう、せっかくいい感じだったのにぃ。ミニー、なんで消しちゃうの。」

みなとの横で春子がからだをくねらせる。

「そのミニーっていうの、よしてよ。春ちゃん、火事になったらどうすんの？」

「火事になんかならないよ、風もないんだし、こんなちっちゃい火なんだから。」

「庭に火ぃつけるなんて、お母さんが見たら卒倒しちゃうよ。」

「そうかなあ。でも未遂に終わったんだから、おばさんたちには、言わないでね。」

すぐに火は消えたけれど、みなとは今後絶対に庭でキャンプファイヤーなどしないよう、まだ少し離れたところで腕を掻いている古賀のほうもちらちら見ながら、春子に約束させた。

それから証拠隠滅をはかって、子分たちに命令し、枝の燃えかすを裏庭に埋めさせた。


翌日、一行は朝食をかきこむように食べると、バンに分乗して山のコンサート会場に行ってしまった。

みなとはいつもどおりに起きて、朝食の準備と片付けを手伝ったけれど、春子は起きてこなかった。一行が出発して一時間近くも経ってから、ようやく顔を見せたかと思うと、「もう行っちゃったんだあ。見送りたかったのに。」とふてくされ、のろのろ朝食を食べてからも、ずっとふてくされていた。

午後、みなとがまたしても裏でビール瓶を洗っていると、春子がぬっと現れて、「これ、古賀さんがくれた。」と、何か差し出してくる。

見てみると、CDアルバムで、ジャケットの写真では白い背景にきれいな外国の女のひとが二人、真っ赤なハートマークを挟んで背中あわせに写っている。

「このひとが、アン・ウィルソンだって。」

春子が指差したのは、向かって左側の、黒髪で、口を半開きにしているほうだった。あごの線がくっきりして、はかなげでありながらちょっとエキゾチックな感じもする、ものすごい美人だ。

「へえ、美人じゃない。こっちの金髪のひとよりきれい。」

「でしょう？　このひとが、あたしに、似てるんだって。」

どのあたりが？　みなとはその質問をぐっとこらえた。申し訳ないけれど、どう見ても、おたふく顔の春子とは似ても似つかない。

「雰囲気がね。」

さすがに自分でもおせじがすぎると思ったのか、春子は言い足した。

「へえ、よかったね。」

みなとはCDを返して、ビール瓶洗いを再開する。

「バンに積んでるCDボックスのなかに、たまたま入ってたんだって。古賀さんのじゃなくて、誰かのみたいなんだけど。」

「それ、どんなの？」

「すごいかっこいいよ。あたしが好きなのは、ええと……」

春子は細い目をさらに細めて、CDジャケットに顔を近づけた。

「ド、ドリームボー……ええと、ドリームボート・アニーって曲。昨日古賀さんが、みんなの前で歌ってくれたの。アニーってとこを春子に変えて。」

春子は鼻の穴をふくらませ、あやふやなハミングを始めたけれど、みなとの耳には、春子が歌うとどんな歌でも、ちゃっきり節に聞こえてしまう。

「こんな感じなんだけど。みなと、じゃない、ミニーも聴きたい？」

「ミニーじゃなくて、みなとでいいよ。」

「いいじゃん、ミニーのほうがかわいいよ。あたしなんか、春子なんて名前だから、あだ名だってつけてもらえない……。ね、とにかくこのひとたち、ほんとにかっこいいんだよお。こっちの金髪のひとが、ギター弾くんだって。あ、この二人は実は姉妹でね、金髪のひとが妹で、あたしに似てるほうが、お姉ちゃん。あたしもギター、始めようかなあ。古賀さん、あたしの手は、ギタリストの手だって言ってた。ギターって、いくらくらいするのかなあ。」

「さあね。十万円くらいじゃない。」

「十万円だったら、分割払いで買えるかなあ。買っちゃおうかなあ。」

「買えば。」

「ミニーも一緒にやろうよ。」

「あたしはいい。」

「そうだよね、一緒に始めても、ミニーは来月東京に行っちゃうし……」

「だからその、ミニーっていうのやめてってば。それに東京じゃなくて、埼玉だし。」

「古賀さん、東京だと月一くらいでライブするんだって。あたしが来るときは、チケット買わなくていいって。ね、だから今度東京行くときは、ミニーのとこに泊まっていい？」

「うーん……。家が建ったら泊まれると思うけど、それまではなんか、狭いところみたいだから……。お客さん用の、寝る部屋はないかも。」

「いいよ、居間とかで寝させてもらえば。」

「……小林さんがいいって言ったら、いいと思うけど……」

「じゃあ聞いといてねえ。」

　別に今に始まったことでもないけれど、みなとはそのときむしょうに、春子の、とても三十五の女とは思えない、うわっついた喋《しゃべ》りかたがはげしく気に障った。春子はＣＤを太陽にかざして、またハミングを始めている。そのハミング、やめてくれない？　言おうとして、みなとはもっと、意地悪なことが言いたくなった。

「あのさ、春ちゃん。別にお説教するわけじゃないけどさ。」

春子はハミングをやめない。自分の声がよく聞こえるように、みなとは蛇口をひねって水を止めた。

「なんでそんなに古賀さん古賀さんってはしゃいでるの。あのひと、あからさまにうさんくさい感じするんだけど。」

「古賀さんが？」

春子はようやくハミングをやめ、みなとに向かって眉《まゆ》をひそめる。

「そう。古賀さん。うさんくさいよあのひと。」

「ちがうちがう、古賀さんは、すごく純粋なひとだよ。少年みたいなんだから。ミニーも話してごらんよ、ぜんぜんうさんくさくなんかないから。」

「だって見るからに、あやしいじゃん。なんで夜でもサングラスしてるの。しかも、部屋んなかでもずっとハットかぶってるし。本当ははげてるんじゃないのかな。髪だって、けっこう白髪混じってるよ。からだも異常に細くて、不健康そうだし。」

「不健康じゃないよ、爪なんか、ぴかぴかしてるよ。」

「ぴかぴかしてるのが気持ちわるいんだよ。」

「何よ、ミニーがかけおちした男なんか、もっとうさんくさかったじゃん。しかも古賀さんみたいなリーダーじゃなくて、ほんとにいるのかいないのかわかんないような、小粒なやつだった。」

「春ちゃん、まさか、去年のこと、あのひとたちに喋ってないよね？」

「喋ったよ。カラオケのとき。」

「なんでそういうこと、べらべら喋るの！」

「喋られて恥ずかしいことなんか、しなきゃいいじゃん。」

「誰にだって、生きてれば恥ずかしいことの一つや二つ、あるでしょ！」

「あたしにはない。」

　ふんぞりかえって言う春子に、みなとは返す言葉が見当たらない。

　確かに春子は、恥ずかしくないのかもしれない。恥ずかしいという気持ち自体を、すっかり失《な》くしてしまったのかもしれない。この山のなかでか、静岡で婚約に失敗したときか、ちゃっきり節大会で優勝したときか、わからないけど。

「ね、あたし昨日、古賀さんに抱かれそうになっちゃった。」

「は？」

「古賀さんが離れに来てね、求めてきたの。……あたし、迷ったんだけど、ぎりぎりのところで拒んだの。でも今晩は……」

みなとは口をあんぐり開けて、春子の顔を見た。

「今晩はなんなの。」

「なんなのって、セックスするの。」

「バカじゃない？」

「何がバカなのよ。」

「春ちゃん、あのひとの彼女になったの？」

「おまえはおれの女だって、言われたけど。」

「まさか、本気にしてないよね？」

「もちろん、古賀さんは本気で言ってたけど。」

「春ちゃん、ほんとにバカなんじゃないの？　あのひとにとったら、春ちゃんは、やれそうだからやるっていう、それだけの女だよ。」

「何言ってんの、ひとのこと言えないくせに。ミニーだって、去年、二日間、男とやりまくったくせに。あんたはそうだったかもしれないけど、あたしはちがう。猿みたいに何度もやらなくったって、一回やっただけで、本気か遊びか、そのくらいわかる。」

「まだやってないじゃない。」

「だから今晩やるの。」

「やるやるって、春ちゃんほんと下品。ほんと、あきれてものが言えない。」

「じゃあ黙ってれば。」

「あとで傷つくの、春ちゃんだよ。」

「だから何？　自分だけお嫁に行くからって、偉そうに言わないでよ。ミニーとあたしは違うんだから。ひとのこと、ぜんぶ思いどおりにしようと思わないでよ。」

「そのミニーっていうの、いい加減やめてよ！」

　みなとは思わず、持っていたビール瓶を蛇口の根元に叩き付けた。

　パーンと派手な音が鳴って、茶色い破片があちこちに飛んだ。春子はきゃっと悲鳴をあげて、逃げていった。みなとは後悔したけれど、一つ深呼吸をしてから、ポケットの軍手をはめて破片を集めた。重なった破片は、太陽の光を浴びてきらきらと光った。

　ミュージシャンたちの帰りが遅いその晩は、みなとと、みなとの両親と、春子と、残っていた仲居さん一人で、しめじめと食卓を囲んだ。

　昼間のけんかがあったから、みなとと春子は一言も口をきかなかった。春子がかなしそうなのは、昼間の自分の言葉に傷ついているからではなく、古賀たちが明日の昼には帰ってしまうからだろうとみなとは思った。

寝る前に、みなとはノートパソコンを起動させて、インターネットで「アン・ウィルソン」を検索した。動画サイトにアップされていたライブ映像の一つをクリックし、舞台袖《そで》から出てきたアンを一目見て、みなとはあっと声をあげた。春子が持っていたジャケットの写真、あれはずいぶん古いものなのだ。今みなとが目にしている、2000年代の、中年になったアン・ウィルソンは、でっぷりと太り、魔女のようなけばけばしい化粧と装いで、あのジャケットに写っていたはかなげな美女の面影をすっかり失っていた。

古賀が春子に似てると言ったのは、昔のアン・ウィルソンではなく、今のこの、貫禄《かんろく》のあるおばちゃんになった、アン・ウィルソンなんだ……。みなとはようやく納得した。あのうさんくさい古賀も、口からでまかせの口説き文句を言ったわけではないらしい。ただ、昔の動画と比べてみても、アン・ウィルソンの歌声は変わらずにパワフルで、情熱的だった。埼玉のTSUTAYAに、このバンドのCDは置いてあるだろうか？　春子に借りるのは癪《しゃく》だから、埼玉のTSUTAYAに置いてあったら、借りようと思った。この声がちゃっきり節を歌ったら、春子が歌うのと、あんまり変わらないだろうか？　そうも思ったけれど、想像するのもやっぱり癪で、みなとはそのまま眠くなるまで、アンが歌う「ドリームボート・アニー」を聴いていた。

十二時を過ぎると予告していたとおり、一行が帰ってきたのは夜中の一時過ぎだった。みなとはもう寝入っていたけれど、エンジンの音で目が覚めた。窓の外を覗くと、離れの電気がついていて、寝間着姿の春子が外に駆け出していくのが見えた。一行が帰ってきたら、春子が旅館の鍵を開けることになっていたのだ。

ヒューッとか、ウヒーッとか、つぎつぎ奇声を上げながら、若者たちは車から降りて旅館に入っていく。どの男の足も膝の下が黒っぽく見えるのは、灯《あか》りが作る影のせいじゃなくて、山の泥じゃないだろうか。翌日の部屋の掃除や布団のクリーニングのことを思うと、みなとは早くもうんざりした。

若者たちは全員なかに入ったようだけど、春子と古賀は、なかなか戻ってこない。ほっとして寝ようとしたけれど、やっぱり気になって、というより、覗き見された去年の雪辱を果たしてやりたいような、というより、おれの女だなんだというのはぜんぶ春子の妄想で、いやがる古賀にすがって泣く春子の恥ずかしい現場を押さえてやりたい、やらねば、という思いがむくむくと湧いてきて、みなとはそっと部屋を出た。

駐車場に面した廊下の窓から、バンの後ろのドアを開け並んで座っている春子と古賀の姿が、庭の灯りに照らされて見えた。

何を話しているのかはわからないけれど、二人は顔を近づけて、笑っているようだ。ギターを弾く真似をしたり、空を指差したりして、楽しそうだった。しばらくすると、二人は同時に立ち上がった。離れにいくのかと思ったら、ふいに古賀の両手が、春子の頬にふれた。春子は頬を挟まれたまま、なぜか一歩下がった。古賀の顔が近づいていった。春子の表情は窺《うかが》えないけれど、急にそのからだが、小さくなったように見えた。彼女の目の前に、何かとてつもなく巨大な岩が立ちはだかっているようだった。

二人の唇は、ぴったりくっついた。

見ているみなとは、喉《のど》のあたりが締めつけられるのを感じた。

唇は、まもなく離れた。古賀は少しそっぽを向いて、ポケットから出した煙草《たばこ》に火をつけたのを、まだすぼまった形のままの、春子の唇に挟んだ。

二人は再びバンの後ろに並んで座り、同時に空を見上げた。

空には満天の星がきらめいていた。

みなとはそれ以上見ていられなくなって、静かに寝室にひきあげた。

翌朝の十時、チェックアウトの時間になっても、一行は誰一人として起きだしてこなかった。

さすがにみなとの父親が母親にせっつかれ、部屋のふすまを開けて「起きてください！」と叫ぶ。それでようやく、男たちはゴム人形のようにだらだらふにゃふにゃ起きだし、酒臭い息をはきながら、ごにょごにょ互いを罵《のの》りあいはじめた。見かねた母親が「ハイ、ハイ、ハイ！」と手を叩くと、彼らは服もまともに着ないまま、青い顔や黄色い顔を連ねて、外に出ていった。古賀だけはなぜだかいつものように血色がよく、「や、どうもお世話になりました。」と手を振り振り、車に向かってさっそうと歩いていく。

みなとはいちおう頭を下げて、玄関で一行を見送った。別れを惜しんで春子はどれほど泣きわめくのか、最悪、あたしも一緒に連れていってと強引にバンに乗り込んでしまうんじゃないか？　その光景を思い描いて内心ひやひやしていたのだけど、当の春子はなぜだか古賀の近くには行かず、離れの前の椅子《いす》に座って、一人でぼんやりしているだけだった。

残っていた会計係が、ようやく支払いを終えて外に出てくる。頭を下げようとすると、派手なエンジン音が聞こえ、一台のバンが駐車場に停まるのが見えた。バンの運転手は女で、降りてくるなり、ほかのバンの前で煙草を吸っていた男たちと、親しげなハイタッチを交わしはじめている。

「あら、お友達かしら。」

出てきた母親が笑って言ったけれど、女を一目見てみなとは、あのひとは昔のアン・ウィルソンに似ている、と思った。

女は一つ一つのバンを覗き込み、最後の一台でようやく古賀を見つけると、外にひっぱりだして、首元に抱きついた。みなとはからだが冷たくなるのを感じた。おそるおそる離れの春子に目をやると、食い入るように、じっと二人を見つめている。

古賀はそのまま女に手を引かれ、女が運転してきたバンの助手席に乗り込み、女が差し出したペットボトルに口をつけた。そして女の肩に腕を回し、女の唇にぶっちゅうと自分の唇を合わせた。

砂埃《すなぼこり》を巻き上げて、一台一台、バンは去っていく。

「いやあ、今年もにぎやかだった。あたしは疲れたから、ちょっと寝るわ。」

母親が後ろでおおきなためいきをついて、母屋のなかに入っていった。


部屋の掃除を終え、庭に降りて仲居さんと干した布団にファブリーズを吹きつけながら、みなとは何度も、離れを振り返った。

離れはすっかり、沈黙していた。耳を澄ましてみても、歌はもちろん、ハミングだって聞こえない。埼玉にもこんな静けさはあるのだろうかと、みなとは思った。そしてここにはこれからずっと、こんな静けさしかないのだろうか。

唄はちゃっきり節、男は次郎長……

誘いかけるように、ちょっとおおきな声で口ずさんでみても、続きは誰にも歌われない。離れの前にぽつんと置かれたままの椅子を見て、みなとはふと、バンが出ていくとき、春子があの椅子から立ち上がらなかったのは、腰痛のせいじゃないかと思った。だとすれば、自分が押しにいってやらないといけない。その腰痛が、古賀と一緒に過ごした一夜の後遺症なのかどうかはわからないけれど、痛がっているのなら、あとでちょっと、押しにいってやらないと。

山の緑が風にそよいで輝いていた。遠くで鳥が鳴いていた。仲居さんが布団叩きを摑んで、バシバシ布団を叩きはじめた。

静かだと思ったけれど、音は確かにそこにあった。みなとには、今ここに集まっているすべての音が、春子が再び歌いだすための、前奏であるように思われた。

1996年のヒッピー　吉川トリコ

TORIKO YOSHIKAWA
2004年「ねむりひめ」で、第3回「女による女のためのR-18文学賞」大賞・読者賞をダブル受賞。受賞作を含む『しゃぼん』でデビュー。その他の著書に『グッモーエビアン!』『ぶらりぶらこの恋』『ミドリのミ』などがある。

その一年で消費したビールの量は、50メートルプールに換算すると何杯分に相当するだろう。

古いノートの一ページ目にとりすました字で書きつけてある一行を見つけ、私は悲鳴をあげた。

思いきりなにかにかぶれ、洒落《しゃれ》てるつもりで書いたのだろうが、ぜんぜんまったくこれっぽっちもうまくない。っていうかださい。羞恥《しゅうち》で耳から血が出そうなほどださい。だいたいあの頃はお金がなかったから、50メートルプールどころか家庭用のビニールプールさえ満たせたかどうか怪しいし、ビールよりも甘いチューハイやミルクで割ったような子どもの酒が好きだった。なによりまだ私は未成年だった。

こういう細かなことが気になってあれこれ突っ込まずにいられないなんて、自分でもつまらない大人になったものだと思うが、現在の私はそれで飯を食っているのだった。めんどくさい女の自意識問題を少々の毒と自虐を込めてざっくばらんに書き、毎日の酒代を稼いでいる売れない小説家。いまでは甘い酒よりビールが好きだ。

そんな私がなんでまた古いノートを引っぱり出してきて羞恥プレイのような真似《まね》をしているのかというとネタがないからだ。締切は刻一刻と迫っているのに、なんにもこれっぽっちもアイディアが湧《わ》いてこない。この仕事をはじめて十一年、これまでに十三冊の本を出し、私はもうからっぽだった。搾れるだけ搾りきった搾りかす。

だが、まだ書いていないことが一つだけ残っている。

意図して書かなかったわけではない。書こうとしても書けなかったのだ。長いあいだ書き出しの一行を書いたきりで止まっていた。「あの頃ペニー・レインと」という映画が私は大嫌いなのだが、あの映画を嫌いな理由と1996年のことを書けない理由はほとんど同じな気がする。

だがもうそんなことを言っている場合ではない。今夜のビールをおいしく飲むためならなりふり構っちゃいられない。すぐにでもはじめよう。1996年の話を。

＊＊＊

とはいえ、1996年のことを語ろうとすると、なにからどう語っていいのか途方に暮れてしまう。

古いノートの案内にしたがって、まずはビールの量からいくとしようか。

その一年で私が消費したビールの量はまちがいなく歴代最下位だ。記念すべき私のビール元年。こんな苦い酒のなにが旨《うま》いんだろうと思いながら、ビールの味もわからない小娘だと思われたくなくて無理して飲んでいた。十九歳だった。

その年の春、私は県内でも三本の指に入る名門の女子短大に進学したばかりだった。いかにも深窓といったかんじの浮世離れした姫君やブランドバッグと海外旅行と週末の合コンで頭がいっぱいの軽薄なコンサバ女たちがうろつくキャンパスで、穿《は》き古したジーンズにコンバースのスニーカー、ずだ袋みたいなリュックの中にMDウォークマンと中島らもの文庫本と最新号の『ROCKIN'ON JAPAN』を乱雑に放り込んでいるだけの私はあきらかに異質だった。入学して一ヶ月経《た》っても親しい友人の一人もできず、それどころかサークルや飲み会のお誘いすらかからず、五月に入る頃にはすでにやめたくなっていた。

受験勉強をしなくても楽に入れそうだったから、という理由で志望校を決めたのがいけなかったのだ。受験勉強をしている暇があったら書きかけの短編を少しでも進めたかったし、CD代とライブチケット代を稼ぐためのバイトを増やしたかった。県内で唯一、文芸学科があったことも志望理由の一つではあったが、本格的な創作のゼミがはじまるのは二年からで、文学史や文学論ばかりの授業は退屈でしかなかった。

一度だけ、授業でよくいっしょになる女の子にインカレサークルの飲み会に連れて行ってもらったことがあるが、いま思い出しても身の毛のよだつチャラさだった。盛り下がったら死んでしまうとでもいうかのように、男たちは流行《はや》りのお笑いネタや下ネタを連発し、女たちはバカみたいに甘ったるい声をふりまいてはしゃいでいる。同じ沿線だというだけでハイタッチを求められ、あっちでこっちで手相観《み》がはじまり、男も女もボディタッチになんの躊躇《ちゅうちょ》も見せないので、この中で経験がないのは私だけなのかと不安になるほどだった。なにかのはずみで音楽の話になり、先週出たばかりのプレイグスの新譜が超傑作だと熱弁をふるったらきょとんとされてしまい、しかたなくスピッツの話題にすり替えたら二次会のカラオケで中途半端なロン毛男に「フォーユー！」と名指しで「チェリー」を捧げられた。危うく吐きそうになって猛ダッシュで逃げ出した。

無理無理無理無理無理無理無理無理ぜっっったいに無理。このノリに合わせるぐらいなら孤独のほうがいい。むしろ孤独がいい。孤独を愛してる。

一晩で悟りを開き、以降、学校の連中とはいっさい交流しないこと、交流を望まないことを自分に誓った。

東京で美容師をしている従兄《いとこ》のマンソン兄から電話がかかってきたのはそんな矢先のことだった（マンソン兄っていうのはもちろん仮名。マリリン・マンソンと同じ髪形をしてるから）。

「あんた文章書くの得意だったよね？」

電話に出るなり彼はそう訊《き》いた。

「得意っていうか、まあ、嫌いじゃないけど……」

「じゃ、決まりだね。いいアルバイト紹介してあげる」

何年か前から熱をあげているヴィジュアル系バンドが今度メジャーデビューすることになったのだと、勢い込んでマンソン兄は話しはじめた。それがどう「いいアルバイト」に繋《つな》がるのかさっぱりわからず、私はうんざりしてマンソン兄の話をいいかげんに聞き流した。ロック好きという共通点があるのに、私と彼の趣味はどこまでも交わらなかった。私は化粧しないタイプのロックが好きで、彼は化粧するタイプのロックが好きだった。

「それでね、あの子たちが契約したのがなんと——」

日本最大手のレコード会社の名前をマンソン兄はじまんげに告げた。そこの新人開発の部署が、全国の主要都市でアマチュアのライブを見てレポートを書くアルバイトを募集しているのだそうだ。

「どう？　あんたにうってつけだと思わない？　月十万プラス消費税で経費込み。学生バイトとしてはずいぶん割がいいと思うけど」

もう少しで叫び声をあげるところだった。やらない理由がなかった。

翌週には東京から一人のスタッフが面接にやってきた。おぼろげにイメージしていた「業界人」とはずいぶんかけ離れた覇気のないくたびれきったおじさんで、ダスティン・ホフマンが演じていたフック船長にちょっと雰囲気が似ていた。昔、有名な女性シンガーのバックでベースを弾いていたとかで、過去のヒット曲らしきものを口ずさんでは、「若いもんね、知らないか」と言って笑った。

最低でも週に三組以上のアーティストを見ること。レポートは週に一度、月曜の会議に間に合うようにFAXで送ること。「これは！」と思うアーティストを見つけたら音源を手に入れてすぐに送ること。

「それから、これがいちばん大事なことなんだけど」

そう言ってフック船長は、煙草《たばこ》を挟んだ指を上下に振った。「はいっ」と私は身を乗り出した。

「男は二十四まで。女は二十歳超えたらまずデビューは無理だから」

細長く伸びた煙がかき乱されて視界がくもった。はい、と今度は神妙に頷《うなず》いた。

二十歳まであと一年。私はまだ何者でもなく、最後まで書き切った小説の一篇《ぺん》もなかった。

面接の翌日から、早速私は市内にいくつかあるライブハウスやボーカルスクールのショーケースに通い詰めるようになった。それまでプロのライブにしか足を運んだことのなかった私には、あらゆる意味で衝撃の連続だった。出演者のほとんどがまともに聴いちゃいられなくて、ちゃんとオーディションをやっているのかとブッキング担当者に問い詰めたくなるほどだった。

なにより、彼らの半数以上が年齢の壁を超えていることが私をやるせない気持ちにさせた。デビューもできないのになんのために彼らは音楽をやっているんだろう。中には、メジャーから一枚レコードを出したきり契約を切られてしまったというバンドや、以前アイドルグループに所属していたという女性シンガーなどもいたが、私には負け犬にしか見えなかった。あるいは夢の墓場をうろつく亡霊にしか。

男は二十四歳までというけれど、平均年齢二十八歳のミッシェル・ガン・エレファントがデビューしたばかりではないかと指摘したら、「だってミッシェルだよ？」とフック船長には鼻で笑われてしまった。だってミッシェルだよ。破格だよ。ぞっとするほど酷薄な音楽商人の笑い方だった。

バイト代に目がくらんで安請けあいしてしまったが、ひょっとしてとんでもない世界に足を踏み入れてしまったのではないか、という私の直感は正しかった。

時代はＣＤバブルの真っ只中《ただなか》、後にも先にもあんなにばかみたいにＣＤが売れた時代はない。バンドブームこそ下火になっていたけれど、ミスチルをはじめとするモンスターバンドがあらわれ、次々にミリオンセラーを連発していた。沖縄の次はどこだ、明日のアムロを、明日のSPEEDを探し出せ！　音楽商人たちは血眼になって地方を駆けめぐっていた。その一方で、バンドブーム直撃で育った田舎の少年たちは胸と股間《こかん》をはちきれんばかりにしながら明日のロックスターを夢見ていた。彼らの夢を刈り取ってやろうと大人たちは鉤爪《かぎづめ》研いで待ち構え、ばかな子どもたちは丸腰で踊らされる。ギターを片手にひとたびステージに上がれば、だれもが容赦なく値踏みされた。値打ちを決めるのは自分たちでも観客でもなく商人たちだ。そこでは「売れる」ものが正義で、値打ちのないものは一瞬で弾《はじ》き飛ばされ、賞味期限が過ぎたことにも気づかぬまま場末のライブハウスで腐り果てていく。でなかったら、フック船長のように刈り取る側にまわるかだ。

なんてえげつなくて残酷なシステムだろう。だが、いまならわかる。これが「世に出る」ということなのだ。

当時の私はなんにも、これっぽっちも、わかっちゃいなかった。

とにかく私は「なにか」になりたくてしょうがなくて胸を焦がしていた。そのくせ、だれかに値踏みされることを死ぬほど恐れてもいた。私が負け犬と見下していた彼らは、少なくともステージに上がっていた。一度は、自分の価値を他人のジャッジに委《ゆだ》ねたことがあった。愚かな私はそんなことにも気づかず、大きな権力を与えられたとかんちがいして審判の鎌《かま》を振るっていたのだ。

彼女のことはここではベティと呼ぶことにしよう。

「ベティ・ブルー」が大好きで、ベティになりたくてしょうがなかった女の子——なんて書くと、とても俗っぽくてつまらない子のように思われてしまうかもしれないが（当時ベティになりたがってる子なんて日本全国そこらじゅうにいた）、実際のところ彼女がリアルだったのかフェイクだったのか、いまだによくわからない。私には彼女を特別な場所に置いておきたいという願望がはっきりあって、いまなおそれが私の目をくもらせているのだ。

ひいき目抜きにしても、ベティは見る者をはっとさせる女の子だった。猫のようにつりあがった目にターコイズ色のアイラインを引き、青白い肌に真っ赤なリップが不穏なほど美しかった。くるぶしまであるカフタンドレスやつぎはぎのデニムを恰好《かっこう》よく着こなし、腰まで届く長い髪をカーリーヘアにしていた。ぜんそく持ちなのにヘビースモーカーで、ガリガリに痩《や》せているのによく食べよく飲んだ。

私より一つ年上で、十二月で二十歳になるというベティは、「やだなあ、ずっと十九歳のままでいたい」、冗談なのか本気なのか、しきりにそんなことを言って首からぶらさげたシルバーのリングをいじっていた。十九歳の誕生日にシルバーリングをもらうと女の子はしあわせになれるんだって。いつだったか、とっておきの秘密を打ち明けるような声で教えてくれた。そのリングがそうなのか、どうして指に嵌《は》めないのか、聞きそびれてそのままになってしまった。

かわりに私は、「着物はもう買ったの？」なんて間の抜けた質問をした（このことはいま思い出しても顔から火が出そうになる）。

「きものって？」奇妙な生き物でも見るような目でベティは私を見た。「成人式の」と答えると、「成人式！」と叫んで目玉をひん剝《む》いた。

人間には大きく分けて二種類いるということを1996年に私は学んだ。学生ノリが合う人間と合わない人間。親に振袖を誂《あつら》えてもらいあたりまえのようにそれを着て成人式に出る人間と、そんなこと、いっさい考えたこともない人間。ベティとそれ以外。

ベティは、母親と種違いの弟と日当たりの悪い団地の一室で暮らしていた。いつどのタイミングで行っても、まだ六歳の弟を家に残して母親は家を空けていた。カーテンを閉め切った埃《ほこり》っぽい部屋の中は、人工的な甘い花のにおいとなにかが腐ったようなにおいが渾然《こんぜん》とこもっていた。おなかが空いたとぐずる弟のために、ベティはだまになったミロとミックスベジタブル入りのべちゃべちゃしたチャーハンを作ってやっていた。

「弟ってことになってるけど、実はあたしの子どもなの。養父に犯されてできた子なんだ」

突然ベティがそんなことを言うから、私はチャーハンを喉《のど》に詰まらせてしまった。

「バカだねえ、冗談だよ」私の反応を見て、ベティはからからと笑った。「まあ、産んで産めないこともないけどね。はじめてやったの小六の時だったし。あ、といっても相手は養父じゃないよ」

悪趣味できわどい冗談をベティは好んでよく口にした。あいつとやっただのやらなかっただの、だれとだれが穴兄弟でだれとだれが竿《さお》姉妹だとかいった半径一メートル以内の下世話なゴシップも大好きだった。男の子が大勢いる前で卑《ひ》猥《わい》なハンドサインを出したり、口でする時のジェスチャーをしてみせたりとやりたい放題。みんながぎょっとすればするほど愉快そうに笑い、そんなベティを見ていると私まで痛快な気分になった。

「この子、あたしの親友」

まだ数回しか会ったことがないうちから、ベティはそう言ってみんなに私を紹介した。面食らったが嫌ではなかった。ほんとうのことを言えば、舞いあがってしまうほど嬉《うれ》しかった。

「あんたのこと大好きだよ」

臆面《おくめん》もなくそんなことを言って抱きついてきたりもした。「私も」とはなんとなく言えなくて、かたく薄べったい体をぎゅうっと無言で抱きかえした。ベティの体からは、彼女が「巻きグソ水」と呼んでいたニナ・リッチの香水のにおいがした。

もちろん私だって、彼女のことが大好きだった。崇拝していたといってもいい。だけど、完全に腹を見せてしまったら負けだという気がした。彼女は気まぐれで残酷な女王で、自分はいつ飽きて捨てられるかもわからない側近のようなものだと思っていた。私と彼女の関係は健全なものとはいえなかったが、私は彼女に夢中だった。

ベティと出会ったのは、バイトをはじめて二ヶ月ほど経った頃だった。

私たちの暮らす市の中心部には、南北二キロに及ぶ大きな都市公園があって、週末になるとそこで地元のインディーズバンドが野外ライブを行っていた。バンドだけでなく、ラジカセで50'sロックンロールを鳴らしてツイストを踊るリーゼント集団、コンガ、ボンゴ、ティンパニ、世界中のありとあらゆる種類の打楽器を持ち寄ってひたすら叩《たた》き続けるパーカッションン集団、大道芸人や似顔絵描《か》きの外国人、風船おじさんや段ボールハウスに住むレゲエのおじさん、違法テレカを売るイラン人や謎《なぞ》の宗教団体等々、雑多な人種がだだっ広い敷地内でそれぞれの活動にいそしんでいた。ふだん私が生息している場所——大量生産のセルロイド人形みたいな女子学生だらけのキャンパスとのあまりの落差にくらくらきたが、こちらのほうが私の性にはあっていた。

梅雨が明けたばかりで、その日は朝からよく晴れていた。いままさに夏がドアを蹴破《けやぶ》って飛び出してこようとしているみたいだった。

強い日差しの下、私は端から順にバンドの演奏を見てまわった。バンドブーム全盛のホコ天もおそらくこんなかんじだったんだろう。それぞれのバンドが発電機を持ち込んで陣を組み、音がぶつかるのも構わずに大音量で自分たちの音楽を鳴らしていた。ヒステリックグラマーやスーパーラヴァーズの服を着た女の子たちが、バンド陣営を取り囲むように地べたに座り込んで屋台のたこ焼きやクレープを食べている。それこそバンドブームの頃から時代が止まってしまっているような縦ノリのビートバンド、太陽の下がまるで似合わないアングラ系お化粧バンド。一つのバンドを見終わるたびに、バンド名と編成、かんたんな感想をメモ帳に書き入れていく。ハズレ、ハズレ、またハズレ。

あらかた見終わった頃には、すでに日が傾きかけ、あちこちで撤収がはじまっていた。今日も収穫なしだった、もう諦《あきら》めて帰ろうかと地下鉄の駅へ足を向けようとしていた時、新しい音楽が聞こえてきた。

なにこれ。

最初の一音でそう思った。なにこれなにこれなにこれ。音のするほうに向かって私は駆け出した。「これは!」っていうのはすぐわかる。少ない小遣いをやりくりし、絶対に失敗したくなくてレコード店に通いつめ、試聴に試聴を重ねどのCDを買うか、十三歳の頃から身を切られる思いで決断してきたのだ。私は私の直感を信じていたし、その直感に従いさえすればまちがいなど起こりようがないってことを知っていた。

公園の北側、奥まった場所にある小さな池の手前で彼らは演奏していた。制限速度を無視して暴走する回転木馬。最初に頭に浮かんだのはそんなイメージだった。ライオンのたてがみみたいな髪をしたギターボーカルが、甘く扇情的なメロディを金切り声で歌いあげ、ノイジーなギターとタイトなリズムの上を、聴いているこちらが不安になるような危ういバランスで自由奔放なキーボードが駆けめぐる。破格を見つけたと思った。

演奏が終わると、池のまわりを取り囲むようにぴょんぴょん飛び跳ねていた女の子たちがいっせいにメンバーに駆け寄った。話しかけるタイミングを失い、私は遠巻きにその様子を眺めていた。

「このバンド見たの、はじめて？」

その時、声をかけてきたのがベティだった。彼女は大きなつばの白い帽子をかぶって、顔半分を覆うピンクのレンズのサングラスをかけていた。

「見ない顔だからもしかしてって思ったんだけど」

「あ、はい」

ライブスケジュールの書かれたチラシを差し出され、私はおずおずと受け取った。いきなり目の前にあらわれた60年代のグルーピーみたいな女の子に、完璧《かんぺき》に圧倒されていた。

「どう、びっくりしたでしょ？」

まるで我がことのように得意げにベティは胸を張った。

「バンドのスタッフの方ですか？」

「スタッフってあたしがぁ？　ちがうちがう」

きゃーっと甲高い声をあげ、身をのけぞらせてベティは笑った。その声に鋭く反応して、数人の女の子がこちらを振り返った。険のある視線にたじろいでいると、「こっち来て」とベティは私の手を引き、ぶあつい垣根をかきわけてギターボーカルのところまで連れて行った。

「この子、デモテが欲しいんだって」

濡《ぬ》れたように光る目をあげて彼は私を見た。目を見張るような美青年というわけではないが、女の胸をやたらざわつかせるナイフのような魅力が彼にはあった。

彼のことはキングと呼ぶことにしよう。まちがいなく彼はあの場所での王様だった。汗で濡れたTシャツを脱ぎ捨て、赤いブーツカットのジーンズだけという姿で女の子の集団に取り囲まれても平然としていられる、そういう人だった。

「できれば二本ください」

どこに視線をやっていいのか困り、キングの耳たぶに揺れるフープのピアスやベティの首を流れる銀色の鎖にうろうろ視線をさまよわせた。

「二本も買ってくれんの？　二本で千円ね」

と言って、キングはピースした。

「あの、私、実はこういう者でして」

千円札といっしょに自分で作った名刺を私は差し出した。「これは！」というバンドを見つけたら唾《つば》つけといてとフック船長から言われていたのだ。

「それで、東京の本部にテープを送りたくて……」

「よし、飲みに行くぞ」

水戸黄門の印籠《いんろう》でも突きつけるような気持ちでいたのに、私から受け取った名刺をジーンズの尻《しり》ポケットにおさめると、「はいはい、てっしゅーてっしゅー」とキングは女の子たちを追い払い、猛然とバラシをはじめた。千円札だけ奪われて、デモテープは手に入らずじまいだった。どうしていいのかわからずベティを振り返ると、「だってさ。よかったね」と言って私の腕に腕を絡めてきた。


「すごいの見つけたね。いいよ、この子たち。売れるよ」

忙しいスケジュールの合間を縫って、フック船長は何度も彼らのライブを見にやってきた。ギターボーカルのキング、ベースのデモちゃん（デーモン・アルバーン似のかわいこちゃん）、ドラムのカンタロー（小林亜星似の巨漢）、キーボードのハカセ（音楽オタクで眼鏡）、メンバーは四人で平均年齢二十四歳、それぞれフリーターをしながら市内にある老舗《しにせ》のライブハウスに月一でレギュラー出演していた。

「ボーカルとベースのルックスがいいし、音も荒っぽいのに洒落てて、女の子に人気出るんじゃないかな。客席にも女の子、多かったもんね」

デビューの話はトントン拍子に進んでいった。十月に東京で開かれたショーケースに出してみたところ、社内のレーベルからいくつか手が上がり、年内には契約が成立するだろうということだった。

私の生活は一変した。狭く閉ざされていた世界が音を立てて開かれる瞬間というのがおそらくだれの人生にもあると思うのだけれど、私にとってそれは彼らに出会ったあの日だった。

「おまえ、今日から俺たちのスタッフやれ」というキングの一声で、チラシ配りや物販、ダイレクトメールの宛名《あてな》書きなど、それまでベティがやっていたバンド運営のこまかな雑事を私が引き受けることになった。「いいんじゃない。なるたけ手伝ってやってよ」とフック船長はあっさり承諾したが、バイト代は据え置きのままだった。

「あんたには悪いけど、ずっとめんどくさいと思ってたんだよね。バトンタッチさせてもらうわ」

手をひらひらさせて「お役御免」のポーズを取るベティの言葉を、私はそのまま受け取ってしまった。まったく私という人間はあまりにも単純にできている。

日曜日がくると、私は彼らのもとへ向かった。レポートのため申し訳程度に他のバンドをチェックし、ほとんどの時間を彼らに張りついて彼らの演奏ばかり聞いてすごした。日が暮れてから撤収すると、みんなで近くの安居酒屋に飲みに行った。缶ビールを買ってきて、そのまま公園で宴会をはじめることもあった。昼間の熱を吸い込んだアスファルトの上にぺたんと座り、スナック菓子やマックポテトをつまみにビールを飲んだ。ごくまれにイラン人から仕入れたマリファナをみんなでまわすこともあった。日付が変わる頃になると、気まぐれにキングがアコースティックギターを鳴らして歌いはじめる。「ハーメルン」「トンネルぬけて」「ヒッピーに捧ぐ」。体中を蚊に刺されても、ビールの飲みすぎで膀胱《ぼうこう》が破裂しそうでも、一瞬でもその場を離れたくなかった。

まったく勝手な話だけれど、私はあの時、あそこにいたみんなで大きな船に乗っているような気でいたのだ。気持ちよく酩酊《めいてい》して、音楽の波にゆらゆら揺れているうちにいつか楽園にたどりつける。そこでは永遠に年を取ることなく、お祭りのように楽しい毎日が続いていく。自分の船を漕《こ》ぎ出す勇気のなかった私は、そんな見果てぬ夢にすがりついていた。おそらくそれはベティも同じだったんだと思う。

「あたし、あいつの子どもを堕《お》ろしたことがあるんだ」

公園での空き時間や、ライブハウスの片隅や、終電を逃してベティの家に泊まりに行った時なんかに、あんただから話すんだけどと前置きしてベティは数々の秘密を打ち明けた。

「ゴムしてってって言うのに、あいつぜったいしてくれないの。ふつうに中出しするしさ」

そう言ってベティは笑ったが、私は笑えなかった。

キングには留学中の恋人がいて、「あたしはただの現地妻」なんだとベティは言った。「あれっ、現地妻って意味違うっけ？」ベティはいつもふざけていたけれど、その話をする時はことさらおどけているように見えた。

夏の終わりにその恋人が一時帰国し、ライブを見にきたことがあった。ライブがはじまる前に私はキングに呼び出され、「あいつ、どっかに連れ出してよ」と頼まれた。「こんなこと頼めるの、おまえしかいないんだ」キングにそんなことを言われて逆らえる女がいるだろうか。

その夜のベティは荒れに荒れた。居酒屋で隣り合わせたサラリーマンにやたらとからみ、町ゆく若い女に「ブース！」と罵声《ばせい》を浴びせ、「死ね！　あんな奴《やつ》死んじまえ！」と路駐してあったキングの愛車を厚底サンダルで蹴っ飛ばし、最後にはぜんそくの発作を起こして路上に突っ伏した。「もうやだ、あんな奴もうやめる」苦しそうに喘《あえ》ぎながら涙と鼻水で顔をぐちゃぐちゃにしていたのに、翌週にはけろりとしてキングの運転する車の助手席に乗って公園にやってきた。

男性経験のない私には理解の範疇《はんちゅう》を超えていたが、そうまでしてキングをつなぎとめたいベティの気持ちはわからなくもなかった。だって彼は破格だったから。

いまでも忘れられないシーンがある。

病院に連れて行ってほしいと朝早くベティに呼び出され、母の車を借りて家まで迎えに行くと、薄っぺらいカーテンを透かした光の中で下着姿のキングが胎児のように体をまるめて眠っていた。そのすぐ隣で煙草を吸いながら、ラジカセから流れてくるスマッシング・パンプキンズの「1979」に合わせてベティが歌っていた。煙草で灼《や》けてかすれているのに子どもみたいな声だと思った。髪をおろして俯《うつむ》いていたから、ベティの顔に大きな青あざができていることにもパジャマの胸が血で染まっていることにもしばらく気づかなかった。そんなことより私は、宗教画のように完璧なこの情景に心を奪われていた。

「鼻の骨、折れてた」

病院から出てきたベティは、あっさりそう告げた。

「ここまできれいにポッキリいってると気持ちいいよね。やってやったぜってかんじ」

ベティが止めるのも聞かずに私はキングの携帯に電話をかけた。何度目かのコールで出た彼は、「バイト中なんだけど」と不機嫌な声で言ってすぐに通話を切った。

１９９６年、私の生活は彼らを中心にまわっていた。

野外ライブの後には決まって朝まで飲んで、泥のように酔っぱらった状態で家に帰り着き、おざなりなレポートをＦＡＸで東京に送りつけた。そのまま一睡もせず学校に行き、酒臭い息をまきちらしながら授業を受けた。退屈な講義にあくびを嚙《か》み殺し、月曜日の一限目からすでに次の日曜日を待ち焦がれていた。平日だろうとライブがあればどこへでも飛んでいったし、週二回のスタジオにも顔を出した。機材車の後ろに乗っかって全国ツアーについてまわり、一週間のレコーディング合宿にも参加した。そのたびに打ち上げと称して朝まで飲んだ。いま思い返してみても、よく留年せずに卒業できたものだと感心してしまう。

どうかしてる、とそんな私に両親は呆《あき》れ果てていた。

「あんた、麻薬をやってるんじゃないでしょうね」

朝方帰ってきた私の腕をつかんで真顔で母が言った時には、思わず噴き出しそうになった。母の口にした麻薬という大仰な響きと、みんなでまわし吸いするマリファナはあまりにかけ離れているように思えた。「麻薬だって！」この土産話を携えて日曜日の公園に向かえばみんなで笑うこともできただろうが、私はそうしなかった。

娘がどんどん自分の知らない世界に足を踏み入れていくのが母は我慢ならないみたいだっ

た。父は父で、あんなわけのわからないバイトなんかしてと忌々しげに言っていたくせに、大手のレコード会社に娘がコネ入社できるかもしれないという浅ましい期待を捨てきれないでいた。

私の育った家庭はごくごくまっとうで、社会の枠組みからはみ出したところが一つもなかった。彼らとつきあうようになって、私はそのことを恥じるようになった。

いまではだいぶましになったが、あの頃の私ときたらほんとに酷《ひど》い劣等感の塊だったのだ。彼らをまぶしく感じれば感じるほど、私は自分のなにもかもが恥ずかしくなった。野暮ったいファッションセンスも、ベティの倍ぐらいありそうな太い脚も、ベティの真似して失敗したスパイラルパーマも、あんな短大に通っていることも。

「おまえさ、もっと書けよ。才能あるんだから」

どういうわけかキングは妙に私を気にかけ、ことあるごとにそう言って発破をかけた。彼の口利きで地元のミニコミ誌に短いライブ評や彼らのインタビュー記事を掲載してもらったこともある。ややこしい専門用語や過剰なセンチメンタルを吹っ飛ばし、勢いとノリだけでゴリゴリに押しきった文章。「最高じゃん」それを読んでキングはげらげら笑った。「おまえ最高だよ」

震えがくるほど嬉しかったが、それと同時に苦い罪悪感がせりあがってきた。私がほんとうに書きたいのは小説だとは口が裂けても言えなかった。音楽で食うことだって小説で食うことだって、途方もない夢という点でいえば大差はないが、少なくとも彼らには才能があった。つまらない人間だと見破られてしまうことをなにより私は恐れていた。レコード会社の名前があるから彼らのそばにいられるのだとしても構わなかった。グルーピーかスタッフか。バンドのそばにいるのを許される女はその二種類だと大昔から相場が決まっている。

しかし、狂騒の日々にも終わりはやってくる。

十二月に入ったばかりの日曜日、ベティは公園にあらわれなかった。何度か電話をかけてみても応答はなかった。数日前に電話で話した時には、鼻の骨折はもう治ったと言っていたはずだが、またなにかあったんだろうか。一抹の不安がよぎったが、キングのギターの音が響いた瞬間に忘れてしまった。

まだ十二月の頭だというのに、その日は雪がちらつくほど寒かった。日が暮れる前に引きあげることにして、メンバーとファンの女の子たちとで映画館に「トレインスポッティング」を観に行った。大人数で座席を占拠し、持ち込み禁止の館内にビールを持ち込んで、声をあげて笑ったり劇中に流れるイギー・ポップに合わせて合唱したりとやりたい放題だったから、他のお客さんたちはそりゃもう迷惑そうにしていた。この手の若者を私は心の底から憎悪しているが、私にもそういう時代があったのだ。

映画が終わってから、私たちはそのまま近くの居酒屋に流れ込んだ。ベティがいないせいか、この日は気やすくキングに声をかける女たちが跡を絶たなかった。中でも、サリーと呼ばれている女の子（「ナイトメアー・ビフォア・クリスマス」の人形女に似てるから）がやたらキングに絡んでいるのを、面白くない気持ちで私は眺めていた。彼女はベティに敵愾心《てきがいしん》を剝き出しにしているグループのうちの一人だった。

「おい、行くぞ」

飲みはじめて一時間もしないうちに、キングが私に耳打ちした。

「あの女、うぜえんだよ」

そう言うなり、彼はさっさと座敷を出て行ってしまった。唾棄《だき》するような口ぶりに、自分のことを言われたわけでもないのに胸の底がひやりとした。私たちが揃《そろ》って出て行くのを、サリーはぎょろついた目で追いかけてきた。

「どうするの出てきちゃって。どこ行くつもり？」

「さあ、どうしようかな。おまえはどこ行きたい？」

キングの車の中は煙草と「巻きグソ水」のにおいがしみついていた。カーステレオからベックの「Odelay」が流れ出し、ハンドルに添えた指先が軽やかにリズムを刻むのを黙って私は見つめていた。その時にはもう、甘い予感にとろけそうになっていた。最低な男だって知ってるのに。

「引越しの準備でごたついてるけど、うちくる？」

返事を待たずに、キングは一人暮らしのアパートに向けて車を走らせた。

どこへでも連れてって。あなたの行くところならどこだってついていく。そんな台詞《せりふ》が口をついて出てきそうになって、自分に幻滅した。欲望をだだ漏れにした目で彼を見る、数多《あまた》の女たちとそれじゃなんにも変わらないじゃないか。スタッフからグルーピーへ。それが昇格なのか降格なのか、私にはわからなかった。

年が明ければ彼らは東京に行ってしまう。卒業までまだ一年残っているから、彼らを追って東京へ行くわけにはいかなかった。おそらくベティもこれでお払い箱になるだろう。あるいはすでに宣告を受けていて、それで今日は姿を見せなかったのかもしれない。

どうしてあの時、一瞬でもベティをだし抜こうなんて考えられたんだろう。もうすぐ彼らを失ってしまうのは私も同じだったのに。私はベティになりたかった。それと同時に、ベティのようにだけはなりたくないとも思っていた。

駐車場に車を入れたところでキングの携帯が鳴った。液晶をちらりとだけ見て、彼は電源を切った。続けて、私のＰＨＳが鳴った。出ちゃいけない。出たら彼を手に入れられない。そう思うのに、体は逆のことをした。

「……いま、どこにいるの？」

かすれた子どもみたいな声が聞こえた。

「いま？　いまは……打ち上げを抜けて、帰ってきたとこ」

嘘《うそ》は言ってなかったが、後ろめたさに押しつぶされそうになった。すぐ横で百円ライターのかちゃかちゃいう音がして、目の端に赤い火が灯《とも》るのが見えた。

「……あいつと、いっしょ、いるの？」

呼吸が荒く、声が聞き取りづらかった。発作を起こしかけているのか、ひゅうひゅう喉の鳴る音が電話越しに聞こえてきた。黙ったまま私は、木枯らしのようなその音に耳を澄ませていた。

「いいよ、べつに。もうどうでもいい。いま手首切ったから、これでお別れ。じゃあね、バイバイ」

その瞬間まで、私は今日がベティの誕生日だということを忘れていた。少し遅れて、煙草のけむりといっしょにキングのかわいた息が助手席まで流れてきた。

＊＊＊

ここからは後日談。

その翌週、公園でサリーに声をかけられた。聞いたよ、あの女、これやっちゃったんだって？　といかにも気の毒そうに眉《まゆ》を寄せ、彼女は手首を切る真似をした。むっとして睨《にら》みつけると、彼女はとりなすように笑ってこう言った。

「そんな顔しないでよ。人を悪者みたいに。あんたはあの女の本性を知らないから」

サリーの話によると、ベティはもともと彼女たちと同じグループの一人だったのだという。それが「出世」してああなったのだと。ベティは非常にうまくやった。仲間をだし抜いてキングに取り入り、「あの地位」（と心底まぶしそうにサリーは口にした）を手に入れたのだ。

「あいつが家にきたことある？」

「ないけど……」

「そりゃ、不幸中の幸いだね。あいつがいつも首からぶらさげてる指輪、知ってるでしょ？　男物のシルバーの」

いやな予感を覚えながら私は頷いた。

「あれ、前の男の家からあの女が盗んだやつだよ。誕生日にプレゼントくれないから盗んできてやったって自慢げに話してた。ほかにも被害に遭ってる子いっぱいいるよ。私もやられた。あの女が家にくると、必ずなにか一つ物がなくなってるの。ジーパンとかサングラスとか。問い詰めても、だったら証拠見せろってものすごい剣幕で言い返してくるから、みんな泣き寝入りしてる」

ビョーキだね、あそこまでくると、と言ってサリーは肩をすくめた。

「あの女の言ってること、大半がでっちあげだったし。弟とは父親がちがうって言ってたけど、あれも嘘だから。父親は前科があるとか、母親は家で客取ってるとか、めちゃくちゃな嘘ばかり。なんでそんな嘘つくのか意味わかんないけど。あんたのことも陰でなんて言ってたか、どうせ知らないんでしょ？」

出しゃばりのクソ女。レコード会社がバックについてるからっていい気になってんじゃねえよ。金魚の糞《ふん》みたいにあたしの真似ばかりしてうっとうしいったらない。

頭が痺《しび》れたようになって動かなかった。それはベティお得意のジョークの一つじゃないの？　なにか思い違いがあるんじゃないの？　あぶくのように湧いてくる言葉は、湧いてくるそばから虚しく潰《つぶ》れていった。すでに私は知っていたのだ。手首を切ったという彼女の嘘を。キングの子どもを堕胎したという嘘を。ベティに蹴られてキングもあばらの骨を折っていたことを。

「あたし、生まれたばかりの頃に、二十歳まで生きられないって医者に言われたことがあるんだ」

はじめて目の前でぜんそくの発作を起こした時、おろおろと狼狽《うろた》える私をなだめるようにベティが言っていた。苦しそうに歪《ゆが》んでいた顔が、ある一点を超えたところで次第に青く透きとおっていき、こわいぐらいにきれいで、非常時だというのに私は彼女に見とれてしまった。あれも嘘だったんだろうか。「大好きだよ」と甘く囁《ささや》いたあの声も。私にはもうわからなかった。私はほとんど彼女のことを知らなかった。

１９９７年はするすると手からこぼれるように過ぎていった。

バンドはフック船長の手によってメジャーデビューを果たし、深夜のバラエティやＣＭに曲が使われたり、フジロックに出演したりもした。ツアーで地元に戻ってきた時にはライブに駆けつけ、打ち上げに呼ばれて飲んだりしたが、あの頃、私たちのあいだに流れていた濃厚な親密さはもはやみじんも残っていなかった。

ベティは一年も経たないうちに結婚し、子どもを二人産んで離婚した。彼女から直接聞いたわけではなく、サリーやほかの顔見知りから聞いた話だ。ライブハウスや飲み屋で何度か顔を合わせたこともあるが、「元気？」「最近どうしてんの？」「また前みたいに遊ぼうよ」とその場かぎりのふわふわした会話をかわしてすぐに別れた。寂しいとは思わなかった。私の心はすでに彼女から離れていたから。

自分でも驚くほどあっけなく、彼らへの執着は消えてなくなっていた。私は私の日常に戻っていった。ライブレポートのバイトは惰性で続けていたが、必要以上にどこかのバンドに肩入れすることはなかった。卒業と同時にバイトは辞め、ウェイトレスをしながら投稿用の小説を書きはじめた。

話はこれで終わりだ。

こうやって書いてしまうと、どうでもいい取るに足らないことばかりだった気もする。もったいぶったわりにこんなものかと、陳腐でよくある話じゃないかと読者には思われてしまうかもしれない。書けなかったのではなく、そのような評価を他人から下されることが我慢ならなかったってだけのこと。まったく私はなんにも成長していないのだ。

いまでは思い出すこともほとんどないが、時折ふいにあらわれ出て、私のやわらかな部分を激しく引っ掻《か》いていく。私の年表の中で、1996年はどうしたって特別な年で、それをだれかにわかってもらう必要などない。あの日々の価値を決めるのは私だが、この駄文にはどうぞ好きに値段をつけてくれてかまわない。

ああでももう、そんなことはどうだっていい。さっきから私はずっとそわそわしている。すでに私の頭の中はビールの泡でいっぱいなのだ。

ふたりのものは、みんな燃やして　川上未映子

MIEKO KAWAKAMI

「乳と卵」で第138回芥川賞を、「ヘヴン」で平成21年度芸術選奨文部科学大臣新人賞、第20回紫式部文学賞を、「愛の夢とか」で第49回谷崎潤一郎賞受賞。他に「すべて真夜中の恋人たち」、エッセイ「人生が用意するもの」「きみは赤ちゃん」など著書多数。

レネは誰のことも好きにならない

まだ誰のことも好きになったことのないレネは、誰かのことを好きになる練習をしている。それまでも、誰かのことを好きになった人々の登場する小説を読んだり映画を観《み》たりして、彼らの行動や感情といったものにふれるということはあったけれど、それらはあまりにもレネの頭には残らなかった。「ナショナルジオグラフィック」や「科学はきみの素晴らしい仲間！」で特集されたハチクマの羽の渋い模様や、日本のスーパーカミオカンデの金色の球体の艶やかさについてはいつまでも考えることができるのに。誰かに会いたいとか、会えなくて悲しいとか、嫉妬して苦しいとか、自分以外のどこかにそういう感情があるということは理解できるけれどそれだけで、レネ自身には30秒だってとどまってはくれなかった。

誰かを好きになると人の胸というのはもしかしたらヴァイオリンになるのかもしれないと、レネはぼんやり考える。レネのそばにはヴァイオリンを弾く母親がいつもぴったりくっついていて、そしてそのヴァイオリンの音色を聴くたびに、姿は見えないけれど人の声のようだと感じているからだった。激高し、責め、追求し、そしてときには消え入りそうにかすれてしまうその声色と、映画や小説が教えてくれる誰かを好きになった人々の感情というものが、十歳になったばかりのレネのなかでは分かちがたく結びついている。

レネはときどき眠るまえにパジャマのボタンを外して自分の平らな胸を見る。ヴァイオリンじゃない。あの細ながいSの字のようなかたちをした穴は、見えない。わたしは誰のことも好きではない。落胆と安堵《あんど》の混じったようなため息をひとつついたあと、レネは毛布を鼻までひっぱりあげる。

まだ誰のことも好きになったことのないレネは、母親のヴァイオリンの音色が聴こえるたびに、追われるように誰かのことを好きになる練習をしている。誰かのことを好きになった人々が口にする言葉をつぶやいてみたり、浮かべてみせるような表情を鏡にむかって試してみたりしていると、だんだん自分でも何をやっているのかわからなくなる。そういうことをするたびに、チョコレートを放り込まれた口の中のチューイングガムにでもなったような気分になる。もろもろになってあとかたもなく消えてしまうチューイングガム。あれはどこへいってしまうのだろう？

母親のヴァイオリンが聴こえる。今朝はおはようの挨拶もせず、昼食も摂《と》らず、そして誰かのドアを叩《たた》く音がしてもかまいもせず、母親はヴァイオリンを弾きつづける。後ろから見る母親の首や腕の動きは、誰かに何かを問い詰められて苦しんでいる人のようにも見える。こんなことはきっと長くはつづかない、いつか誰かがそれをやめさせなければならないとレネは思う。でもまだレネは幼く、その方法を知らないでいる。すべての人が誰かを好きになることをやめさせる方法のことをレネは知らないでいる。胸が苦しくなる。カーテンが重なって束になっているところまでいって、そのなかに身を隠しシャツをまくりあげてそっと確認する。レネは汗をかいている。ヴァイオリンではない。レネは指さきで細ながくSの字を描いてみる。何度も何度もこすっているうちにそこが少しずつ溝になってへこんでゆくようで、わたしもヴァイオリンに近づいているのかもしれないとレネは思う。そして、完全に向こう側に指が抜けたあと、レネは息をひそめて耳をすましてみる。ここから声がでてくるのかもしれない。そしてその声が聴こえることこそが、誰かのことを好きになることそのものなのかもしれないとレネは思う。自分のものとはちがう声を自分の胸から出し、そしてそれを聴いたり聴かせたりすることが、誰かを好きになるということなのかもしれない。しかしいくら待っても声は聴こえない。

汗が額をぬらし、カーテンの生地がはりついてちくちくする。胸を見おろすとS字の空洞は完成している。おそるおそる指をそのなかに沈めてみる。しかし指をどれだけ深く沈めても、指さきには何もあたらない。手のひらを沈め、手首を沈め、腕を沈めたところで、音をたててカーテンが解かれ、レネは明るい床のうえによろめいてしまう。レネが放り出されたそこは舞台のうえで、ぐるりを取り囲むように無数の観客たちがひしめき、レネに視線を集中させている。巨大なライトがレネを照らし、あまりの眩《まぶ》しさに瞼《まぶた》からは涙がたれる。しかし音は出ない。観客たちが待ちわびているだろうどんな音もレネの胸からは流れてこない。聴こえるのは母親の音色ばかり。

レネの立つ舞台のうえには鳴り響くように光る黄金《おうごん》の球体があり、そのうえに一羽の巨大なハチクマが静止していて、その鋭い目でレネを凝視している。レネはハチクマと見つめあう。長いあいだ見つめあう。ハチクマとレネのあいだにある光が何かの加減で波うったり、模様になったり、そしておだやかな風のように見えたりする。さわれそうだとレネは思う。ハチクマはその膨らんだビロードのような羽のうえにはるかな地表をのせて、レネを凝視している。レネはその地表に降りたつところを思い浮かべる。そこには幾筋もの川が流れ、切りたった崖があり、ごつごつとした岩のうえには、きっと誰も座ってなどいないだろう。そのとき、ハチクマが球体を蹴って飛びたつ。その羽ばたきの音にレネは顔をあげる。観客たちは散り、ハチクマは去り、そして黄金の球体はみるみるうちに小さくなり最後は点になって消滅してしまう。そしてそのとき、レネはもうどこにもヴァイオリンの音色が鳴っていないことに気がつく。

イヴァンの寝室

人には、できることと、できないことがある、というあまりに当然なことをイヴァンはときどき考える。たとえば。作ったことはないけれど、おそらくボルシチを作ることは可能。そしてアイスランドの火山のきびしい岩肌に降りたって、手ごろな大きさの石を見繕ってそれを持って帰ってくることもおそらくは可能。しかし、いま口をつけているこのマグを噛《か》み砕いてしまうことは、おそらく不可能。冷蔵庫にはボルシチを作るための材料もないし、アイスランドに行くためにはどれくらいの時間と旅費がかかるのかまったく検討もつかないくせにそれらはきっと可能なことで、そしていま、現実の右手に現実のマグをにぎっているという現実があるにもかかわらず、これを噛み砕くことはどうしてなのか、不可能なのだ。イヴァンは生まれてようやく3ヶ月が経《た》った娘のジューンに授乳しながら（たいていは4回目か5回目あたりの午後四時ごろ）、そんなことをぼんやりと考える。

ネットや雑誌でつまらないゴシップ——とくに有名人夫婦の破局の記事を読むと、イヴァンはなんとなくほっとする。救われる、というほど大げさなものでもないし、自分には直接に関係しようもないことだけれど、それでも少し、安心するような気分になる。大騒ぎして結婚して、子どもを作り、それもひとりだけじゃなく二人、三人ということもざらにある夫婦たちが、まるでそこらへんに転がっているキャベツや大根やかぼちゃをナイフでざくざく真っぷたつにするみたいに、つぎつぎ離婚してゆくのだ。子どもがいてもおかまいなし。そしてまたお互いにつぎに恋をする新しい相手を見つけ、たっぷりはしゃいだのちに結婚して、そこでも子どもを作ったりする。家を購入し、売り払い、また購入し、売り払う。母親のちがう娘たち、父親のちがう息子たち。さまざまな手続き。わかりきったはずの、恋愛の狂騒的なはじまりと、数年も経たないうちにやってくる倦怠《けんたい》とあきらめ。そんなことをくりかえすことが、自分の欲望に忠実に生きるということなのだろうか？

イヴァンは呆《あき》れるような、見あげるようなため息をつきながら、それらの記事を丁寧に読む。みな、汲《く》めども尽きないエネルギーに満ちているようにみえる。なぜ、いい年をした大人が飽きもせずこんなことばかりできるのだろう。どこにそんな体力があるのだろう。そして、ああ、と思う。そういうことができるから、彼らはやっぱり有名人なのだ、と。なんというか、ふつうのメンタリティじゃ、やっぱりちょっと無理だと思うし。わたしにはとてもそんなことはできないわ。最初はイヴァンもそんなふうに考えていた。でも、そういった選ばれし人々の逞《たくま》しい記事や噂話《うわさ》にふれつづけていると、そのようにして人生の新しくも厄介な局面に飛び込んでゆく人々は何も有名人に限ったことでもないし、むしろ一般人にこそ多いことに気がついて（当然だ）、イヴァンのため息は、少しずつ変色していった。そうか、こういうことは、誰にもできることなんだ。その、たとえば、ちがう男の子どもを生んだりすることとか。わざわざ作ったひとつの家庭を解散させて、またべつの地へいっておなじようなことをくりかえすこととか。そのあたりから、好奇心とエネルギーに満ちた、人生の相談者であり探求者でもある人々は、イヴァンに安心を与えるイメージそのものへと変化していった。しかし、イヴァンがそういった欲望や好奇心を、じっさいに自分のものとして抱いたことはただの一度もなかった。イヴァンには、眠れる願望も野心もなかった。そういった人々の行為がイヴァンの胸をほっとさせ、安心させたのは、世界には自分とはちがう生きかたと考えかたと行動規範をもった人間が無数にいて、イヴァンの価値観や生活とは関係なく、それぞれの人生を生きているという、単純にして明快な、事実そのものだった。イヴァンの恐れるものを彼らは恐れず、そして彼らの恐れるものをおそらくイヴァンは恐れないですんでいる。人にはそれぞれ、できることとできないことがある。そして、いまこのときにも、自分ができないことをどこかで他人がこともなくやりとげ、そしておそらくは他人にはできない何かをイヴァンはこともなくやりとげることができている。はず。むしろそんな他人と自分との、こんりんざい交わることのないはっきりとした差異のそのありかたに、しずかに感動しているというわけなのだった。

とはいえ、イヴァンの現実の夫や生活に問題がないわけではなかった。さらなる新天地、べつの人生、といったものを思い浮かべたりすることはなかったけれど、しかしイヴァンの夫にはジューンが生まれるまえからずうっと腐れ縁の女がいて、もちろんイヴァンはそのことを知っていた。夫は現在の仕事の重要なメンバーでもある彼女について、いまはもう関係がない、すべては終わったこと、過去のことだ、僕たちが付き合っていたのはもう十五年もまえの話じゃないかといって取りあわなかったけれど、もちろんイヴァンの夫とその女はいまでもときどき寝たりする関係をつづけていた。そしてもちろんイヴァンはそのことも知っていた。そんな状態で、よく結婚生活なんて維持してられるわね。そんな相手の子どもまで生んで、すごいよね。よくやるよね。イヴァンには友だちと呼べる人がいなかったから、ときどき自分のなかにいる女友だちを呼び出して、授乳のあいだ、真夜中、寝かしつけのとき、洗濯物を干すための昼下がり、ジューンが寝ているすきにソファに横になったりするときに、おしゃべりをした。そうよ。よくやってると思うわ。自分がこんな生活をするようになるなんて、そうだな、十年前は想像もしてなかった。あなたに笑われるまでもなく、こんなの完全にまちがってるし、逆にわたしのほうに問題があるんじゃないかって思うくらい、完全に終わってるわよ、何もかもが。でも、とイヴァンはため息をつく。でも？　……そう、でも……なんだかよくわからないんだよね。何が？　それがわからないの。わたしいま、何かがよくわかってないってことはわかるんだけど、それが何なのかがわからないの。まだ産後だからかな。ぼうっとしてるの。頭がトイレットペーパーの芯にでもなったみたいなんだよね。もちろん使い終わったあとの芯ね。ああ、あれ軽いよね。軽いのよ。でもまあ、ジューンがいるしね、あなたには。そうなんだよね……怒りにせよ何にせよ、彼にむけてもう何も動きださないのはジューンがいるからかもしれない。へえ……子ども生んだらそうなるんだ。いや、わからないよ。これだってぼーっとした頭で適当にしゃべってることだから。個人差もあるだろうし。期間限定かもしれないし。でも、ジューンが生まれてからずうっとぼうっとしてるんだよね。ジューン以外にはリアリティがないっていうか。そこだけ突出してるからかな、ほかのことがどうもぼやけて見えるんだよね。かといってジューンだってただ寝て起きてうんちして泣いてってだけなんだけど。人格とかまだないし……あ、いま気づいたんだけど、だからじゃないかな。ジューンがまだよくわからない存在だから、ぜんぶがよくわからないっていうか……ごめん、うまく言えないや。いや、いいよ、ちょっと休みなよ……でも、ま、子ども生むって色々な意味でこわいよね。そう、色々な意味で、こわいんだよ。

ある夜、イヴァンと夫は激しい口論をした。きっかけは些細《ささい》なことだった。口調がどうとか、ちょっとした態度がどうとか、そういうどこの家の床にも転がってる埃《ほこり》のようにありふれたひっかかりから始まった意見のぶつけあいは、その場にあるものや、まだ存在しないものの、かつて存在していたものまでを動員して、その応酬は数分ごとにエスカレートしていった。男性の多くにみられるように、イヴァンの夫も、イヴァンのあとからあとから出てくるイヴァンにとっては切実な異議申立てを、自分にも関係のある問題としてではなく苦情の一種として受け止め、わかりやすく処理し、やり過ごそうとする雰囲気に慣れていた。しかしイヴァンはもうそれを許さなかった。確認しておくけど、これは立場の弱い者から強い者へのお願いじゃないのよ。いい？　断じてないわ。勘違いしないでもらいたいんだけど、わたしは不平不満を言ってるんじゃないのよ。いい？　わたしがさっきから問題にしてることっていうのは、あなたの問題でもあるのよ。なぜなら、あなたとわたしはいま、どういうわけか婚姻関係にあって、そう、どういうわけか！　そしてこの先まだしばらくは一緒にひとりの人間を育てなければならないからよ。その責任があるのよ。いい？　あなたはいま初めて聞くかもしれないけれど、あなたは当事者なのよ？　わかってるの？　ねえ、人の話を聴いてるの？

イヴァンの夫は、うんざりしていた。早口でさっきからいったい何を言っているのかよくわからないし、おなじようなことばかりをくりかえしていることに当の本人が気づいていない。自分の話す内容に興奮しているだけで、相手なんてそもそも見えていないのはそっちじゃないか。だいたい原因もはっきりしない、言い方がどうとか目つきがどうとかで始まったこんな内容の言い争いが解決することなどないのだから、適当なところで切りあげて眠ったほうがお互いにとって有意義だってことがわからない時点でこんな口論じたいに意味がないんだ。しかしイヴァンの話は終わりそうになく、夫は適当な相づちを打ちつつスマートフォンでメールをチェックしながら応答するようになった。そして一時間半が経過するころ、イヴァンの怒りとストレスは頂点に達し、自分でもこれを言うなんていくらなんでもわたしちょっと信じられないなと思うようなことを相手にむかってはっきりと口にし、精神のわりにデリケートでいっそう無防備だった部分に不意打ちを食らった夫はしばらく絶句した。これまでふたりの生活で経験したことのない緊張感が低いところに溜《た》まりはじめ、それが胸の高さまで迫《せ》りあがってきて、お互いがつぎの言葉に辿《たど》りつくまでにふたりとも窒息してしまいそうだった。じりじりとふたりを圧迫しながら膨張する沈黙がはちきれそうになったその瞬間に、ジューンが大声で泣きだした。イヴァンは髪の毛を後ろでまとめ直し、ジューンのいる寝室へと入っていった。夫は大きなため息をついてからシャワーを浴び、スマートフォンをいじりながらその夜はソファで寝た。

いっそもう、死んでしまいたい——若いころならそう思っただろうけれど、いまはちがう。いまはもう、死にたいなどとは思わない。かといって相手に死んでほしいとも思わない。そういう情熱めいたものはもう一滴だって残っていない。かつて死という、言葉なのか意味なのかがもっていた——いや、それは言葉や意味などではなく単純に幼稚で安易なイメージでしかなかったのだろう——ありとあらゆる対症療法的な効能は失われ、甘美な曖昧さも散り散りになり、かといっていまの自分を救済してくれるような考えや建設的なアイデアがあるわけでもなく、いわば丸腰になったイヴァンは授乳を終えたベッドのなかでまだ収まらない怒りにふつふつと耐えていた。耐えながら、相手にたいしていくらなんでもそれを言ったらひどすぎると思うようなことを言ってしまったさっきのその勢いを借りて、イヴァンはさらに口汚い罵り言葉をつぶやきつづけた。

淡い闇のなかに、壁紙にプリントされた花の名前がわからない。白くて百合《ゆり》みたいだけれど、でもそれとはちがう花。どれくらいベッドのうえで体を起こして壁ばかりをずうっと見つづけていただろう。でもあと数十分もしないうちにジューンに授乳しなければならないのだから、このまま眠るわけにもいかないし、眠れない。イヴァンはため息をついて立ち上がり、サイドボードのうえに裸のままで置きっぱなしになっていたCDをプレイヤーに入れて再生ボタンを押した。それはまだジューンが生まれるまえ、そしてイヴァンの夫が昔の恋人といまでも寝る関係をつづけているということを知るまえに、ここで、ふたりで一緒に聴いていた曲だった。しかしその雰囲気のある声、甘いメロディを流してみても、甦《よみがえ》ってくるものは何もなかった。イヴァンはふたたびベッドにもどり背もたれにもたれて、ため息をついた。

ねえ、とイヴァンは自分のなかの友人に呼びかける。わたしけっこう限界なんだけど。なに？　限界かもって。ああ、でも、そんなことも言ってられないでしょ。ジューンがいるんだし。ジューン？　そうよ、ジューンよ。そうね。ジューンがいるよね。そうよ、しっかりしなきゃ。まあ、それはわかってるんだけど。なんとかしっかりしようとしてるから、こんな馬鹿みたいな生活をつづけてるわけでもあってさ……でもさ、彼とあの女のことをはっきり確認したときに、やっぱり何もかもやめにしたらよかったのかもしれない。うーん、でもそのときにはもう、ジューンがお腹《なか》にいたじゃないの。そうなのよ。彼じゃなければ、このジューンじゃなかったのよ？　それだけでも、彼とこういうふうな関係になったことは……なんというか、採算がとれるっていうと変だけど、でもそう思うことはできない？　いや、わたしもそんなふうに思ってきたわよ。この人とだったから、このジューンに会えたんだって。だからいま我慢していること、これまでのことには相当の意味はあるって、そう思ってきたわよ。そうでしょ。うん、そうなんだけど……でも、それって本当のことなんだろうか。

……というと？

わたしは誰の子どもを生んでも、それはジューンだったんじゃないかって、思うのよ。イヴァンは思わず口に出して言った。親愛なるイヴァンの友人は笑いながら首をふった。いや、それはないでしょ。だってジューンは替えの効かない遺伝子のたったひとつの組み合わせでできあがった人間なのよ。手も足も指も、頭のなかも、ぜんぶ。ジューンっていう存在は、あなたと彼と、そしてあるたったひとつのタイミングが重なった結果の、そのまま奇跡みたいなものなのよ。そのなかのどれかひとつ、たとえば一秒ずれたとしたら、それはもうジューンじゃなかったのよ。……本当にそうなのかな。イヴァンは小さな声で言った。そうだと思うよ。……でもね。こうも考えられるんじゃないかしら。たとえば、こうしてジューンが生まれてしまったあとで生まれてくる赤ちゃんがもしいるとしたら、それはもちろんジューンじゃないわ。それはジューンとはちがう赤ちゃん。それはわたしにとって、ジューンのつぎの、ふたりめの赤ちゃんよね。そうね。でも、わたしが生涯にひとりしか赤ちゃんを生まなかったとしての話よ、ある過去の時点で、まったくべつの人とまったくべつのタイミングに赤ちゃんを作って生んだとしましょうよ。わたしにとって初めてにして唯一の赤ちゃんを生んだとしましょうよ。その世界のわたしにとってはその赤ちゃんが、替えの効かない、なんていうか唯一無二の、絶対的な存在だってわけでしょう？　うん……まあ。だから、それがいつであれ、誰とのあいだの赤ん坊であれ、わたしが生む赤ちゃんは、それはいつだってジューンとしか言いようのない赤ん坊だった、って可能性はあるんじゃないかしら。うーん……どうかな……でもそれは、やっぱり物理的な意味においてジューンではなかったんじゃない？　遺伝子がちがうんだし。そうよ、物理的な意味においてはそうかもしれない。でも、その世界のわたしは、いまこの世界のジューンという赤ちゃんを知らないわけだから……なんて言えばいいのかな、つまり、わたしがどのタイミングで、誰とのあいだに赤ちゃんを作っても、いまそこにいるジューンにたいして思う気持ちをもたざるをえなかっただろうってことなのかもしれない。その意味で、いつどこでどんなふうに生んだとしても、それはジューンになっていたんじゃないかって思うんだけど……そう、ジューンになっていたんじゃないかって思うの……できることとできないことの、そう、あらゆることを飛びこえて、ジューンはいずれにせよ、やってきたんじゃないかって……おかしいかな……なんだかわたし、どんなことがあっても、そう、自分がどんなまちがいを選んだり、だめなことや、そうね……、どんなことがあってもジューンには会えたんじゃないかってそんなふうに……うん、なんだかわかるような、わからないようなだけど……難しいけど、わかるような気もするけど……でも、少し眠ったほうがいいかもしれない、またすぐにジューンが起きてくるけど、あなたは眠ったほうがいいかもしれない……また明日、考えればいいじゃない。時間だけは、たっぷりあるんだからさ。そうね、そうかもしれない、まだ暗いよね、まだ眠れるかもしれない……イヴァンはシーツと毛布のあいだに体を滑りこませ、時間をかけて胸のなかにあるものをゆっくりと吐きだした。

その湿り気をもった温かさは、やさしい生き物のようにイヴァンのお腹や太ももや手や足をするすると覆っていった。どこかで夜の鳥が短く鳴いて、ジューンがそれに応えるように小さくむずかった。ちょうどそのとき、イヴァンの夫はソファのうえで彼の恋人とメッセージを送りあっているところだった。しかしイヴァンは深い深い眠りのふちにひとりきりで立っていて、そこからふわりと飛び降りたあとだったために、そのどれにも気づけなかった。

ヴリーランの愛の証明

死ね、という言葉を人にむかって言ってはならないという教育のおかげで、ヴリーランはこれまで一度も人にむかってそう言ったことはなかったし、また、内心でもそんなふうに思ったことはなかった。ヴリーランへの教育は、「言ってはならない」という一点を大切にしていたのだから、誰もいないひとりきりや胸のなかでならいくらでもそんなふうに言ったり思ったりしてもいいはずだったのに、ヴリーランはそのようなことを言ったことも思ったことも、これまでただの一度としてないのだった。

けれども、死ねなんて言葉、ヴリーランのまわりでは誰もが笑いながら普通に使っていたし、それは住む場所が変わってもそうだった。テレビでも、それからたまに見るネットなんて言わずもがなだし、ごくごくありふれた挨拶――とまでは言わないけれど、そんなのはまあ、いくらでもある、どこまでも気軽なものだった。死ね、と言われてそのとおりに死ぬ人間なんてほとんどいない代わりに、死ね、なんて言われなくても死んでしまう人間のほうがうんと多い。単なるあいづちというか、それは冗談なのだ。そんなことはわかっている。けれど、そういうのを見聞きするたびにヴリーランは飽きもせずどきどきとしたし、どこかから父親が飛んでくるんじゃないかといちいち真剣に身構えた。けれど、もちろん、音楽室や共同リビングや、通信室や、くすの木の生えた庭に父親は現れなかった。一緒に暮らしている女の子たちのなかにはベッドのうえでシーツをかぶって発音練習でもするみたいに、死ね、とぶつぶつ言っている子もいたし、あるいは共同のソファに寝そべって——とはいってもそこに座っている子はいつもたいてい決まっていたけれど、相変わらずどうでもいい話をしながら、死ね、と言って大声で笑いながら相手をこづく真似《まね》をしたりして、とても嬉《うれ》しそうなのだった。

ある日、ヴリーランは湖のほとりにいた。

ここにやってくるまで、湖のほとりになんて来たことなんてなかったし、そんな場所が絵本や童話や物語のなか以外の現実にあるなんて思ってもみなかったので、ヴリーランはたいそう驚いていた。湖のほとり。ヴリーランは、とてもすてきだと思った。気がつけばまわりには森と呼んで差しつかえないような深い緑の樹木たちが折り重なってあふれ、それは地面から湧いてくる色つきの低い雲のようだった。シー・クク・クルスというヴリーランにしか聴こえないヴリーラン自身の呼吸の音をかぞえながら森を見つめていると、次第にそれらの色が黒なのか緑なのかがわからなくなっていった。あの緑は緑なのだろうか。そう呼んで、問題ないのだろうか。それとも、べつの名前があるのだろうか。でも、それを知りたいと思った場合、どうやって調べればよいのだろう。それについてひとしきり考えてみたあと、ヴリーランは森をやめて今度は湖のその大きなふちを観察することにした。

湖の表面には見たことのないかたちをした大きな葉が浮かんでいて、そこに色のはっきりしない花がくっついていて、それ以外は静かなものだった。そして、自分がいま立っているところが、湖のほとりとしか言いようのない場所だ、とはっきり思ってみると、胸も頬も静かに高揚しはじめるのだった。たとえば、砂浜と海の関係みたいに曖昧なところがいっさいない。足を一歩でも踏みだせばそこは湖でわたしはそこに落ちてしまうだろうけれど、わたしが足を一歩でも踏みださない限りにおいてここは湖ではないし、わたしがそこに落ちてしまうということはない。そう思うと愉快だった。それに、とヴリーランは思った。ここはケーキのはしっこでもあるわ。いつもなら小さなフォークを入れてそれを崩すしかない、あの断崖絶壁にわたしは立っているのだ。雑草でコーティングされたどこまでもつづいてゆくこは膨大なケーキのうえで、自分はいまそこに立っているのだ。森をのせ、でこぼことした丘をのせ、石やささやかな花々や小動物たちの死体で飾りつけられた堂々たる緑色のケーキ。しかしこれがケーキであるのなら、それはいつか誰かによって食べられるものでなければならない。森や石や風をのせたままケーキは誰かによって食べられ、やがて消滅してしまうだろう。もちろんそこにはヴリーランも含まれる。これはある種の仕返しなのかもしれない、とヴリーランは考える。何というか、これまでいたずらに弄《いじ》ってきた、大きさや小ささや、絶対や、それから、もうこれ以上は考えられない、といった概念からの、これは復讐《ふくしゅう》なのかもしれない。それにしても、このまるい空間、そう、ケーキ以外のこのぽっかりとした空間に満ちているこの水はどこからやってきたのだろう？　どうしてこんなふうに、あふれもせず涸《か》れもせず、ちょうどいい水位を保っていられるのだろう？　もしかしたらこれは、何か大きなものが、わたしたちには想像もつかない何か大きなものが喉を潤すために用意されたもので、その大きなもののために誰かがきちんと時間をかけて、コントロールしているのかもしれない。

人の気配がしてふりむくとナルシンがいた。その姿を見たとたん、ヴリーランをひきしめ、またうっとりさせていたケーキも、復讐も、断崖絶壁も、一瞬にして消え失《う》せた。さっきまでそれらがそこにあったこと、そして一瞬にして失《な》くなってしまったことじたいに気がついていないヴリーランは、反射的に腕時計に目をやった。集合時間まではまだ40分ほどあった。本当は来たくなかったんだけれど仕方なく、という表情をしてナルシンはヴリーランのほうに少しずつ近寄っていった。ナルシンはヴリーランの去年のルームメイトで、そして少しまえまで付き合っていた恋人だった。

一ヶ月ほどまえに、少しずつ時間をかけてふたりは念入りに別れ話をして別れたので、いまさら新しくそこにつけ加えるものはなさそうだった。少なくともヴリーランのほうはそうだった。いまこうして久しぶりに、そしてあらためてこの距離からナルシンを見てみると、付き合っていたときにはちらちらと顔をだす程度だったナルシンの見かけの好きではないところが、まるでペンで囲って色を変えてわかりやすく示したみたいに驚くほどくっきり見えるのだった。たとえば、まだ若いのに皺《しわ》っぽい顔で、頬にくっきりと入ったほうれい線がおばさんみたいで好きじゃなかった。整えすぎた眉毛のかたちも下品でいやだった。頭が大きくて首が短いところもあまり見たくなかった。乳首が黒ずんでいるのもいやだった。ナルシンと付き合っているとき、好きだと思っているにもかかわらず、そういうところがどうしても目について内心でナルシンのそういったさまざまな部分に評価を下している自分がすごく卑しくて高慢な人間に思えて気が滅入《めい》ることもあったけれど、しかし自分に幻滅してみせたところで、そういうことが気にならなくなるということはなかった。

「みんな、あっちにいるよ」ナルシンは少し笑って言ってみた。「でも、こっちに来たのはあなただけだったから、いまごろムーアが心配してるかも」

知ってる、というようにヴリーランは肯《うなず》いた。それから後ろのほうにあるいちばん大きな木の根っこのところに歩いていって腰を下ろした。ナルシンもあとからついてきた。

おなじようにヴリーランの隣に座りこんだナルシンは、ふたりが付き合っていたときの、もちろんヴリーランにとってはどうでもいいような細かい思い出ばかりを話した。初めてヴリーランがメルヴィン寮に連れてこられてきたときのこと。そのときの荷物の少なさについて。最初の帰省の許可がでた日の夜、ナルシンの兄の車の後部座席で朝まで過ごしたときのこと。そのことが原因で部屋がべつべつになってしまったこと。そんなひとつの出来事にまつわるさらに細々としたことを、これまで幾度となくくりかえしているにもかかわらず、ナルシンはまるでいま初めてあなたに話すんだけど、というふうに話すのだ。何度も。やがてそこに、じっさいには起きなかったことが少しずつまぎれこんでくることになる。誰かの経験による話が自分の願望と入り混じり、経験しなかったことと夢で見た他愛もない内容が継ぎ目なく入れ替わってゆく。いつものことだった。ヴリーランは湖のふちどりを眺め、適当にあいづちを打ちながらナルシンの話を聞き流していたけれど、初めてヴリーランが作曲した歌をうたってみせたときのことに話題がさしかかると、やめてよ、と反射的にナルシンを睨《にら》みつけた。

「その話はしないでって、まえにも言ったでしょ」

「でも、とってもいいラブソングだったのに」

ナルシンはうつむきながら余計なことを言ってしまったことを後悔した。ヴリーランは視線を湖にもどして、動かなかった。今日、偶然にもふたりはおなじ髪形をしていた。ちょうど真んなかで分け目を作ってまるい額をだし、おなじ長さのおなじ色の髪を三つ編みにして左右の肩から胸にむかって垂らしていた。ちがうのはそれを結っているゴムの色だけだった。やっと一ヶ月が経って、何となくわたしたちが別れたということが浸透してきたころなのに、こんなふうに並んで座っているところを誰かに見られたりしたらと思うとヴリーランは暗い気持ちになった。しかもおんなじ髪形で、こんなの本当に馬鹿みたいとヴリーランは胸のなかでため息をついた。だったらさっさと立ち去ればいいのだけれど、ナルシンはあとからぴったりついてくるだろうし、誰もいない森のほうからふたりで帰ってくるのをみんなに見られるのはもっといやだった。

「とくに話があったわけじゃないんだけれど」とナルシンは小さな声で切りだした。「別れることになったのは、っていうか、別れたことじたいにはもう、何にもないの。未練みたいな気持ちもないし……ただ」

「ただ？」ヴリーランは素早く聞き返した。ヴリーランには会話の最後に「ただ」という言葉を見つけるとそのさきに用意されているものを即座に回収しないではいられない傾向があって、ナルシンはもちろんそのことをよく覚えていた。

「ただ？　ただ、なに？」ヴリーランはせっついた。ナルシンはヴリーランの気持ちを少しでも動かすことのできた手応えを感じて嬉しくなったけれど、ちょっと困ったような顔をして、ため息をついてみせた。「……こういうのが一般的に気持ち悪いってことくらいわかってはいるんだけどね。でも、ひとつだけ、聞いておきたかったことがあるんだよね」

「何を？」

「簡単なことよ。あなたが本当にわたしのことを、愛していたのかどうかってこと」

「愛していたか、どうか？」

「そう」とナルシンは肯いた。「わたしのことを本当に愛していたかどうかを聞いておきたかったってわけ」

「そんなこと聞いて、どうなるの？」ヴリーランは思ったままのことを口にした。そんなことを聞いていったいどうなるの？　まったく理解できないとヴリーランは思った。そして、そうだ、わたしはナルシンのこうしたところ、ナルシストめいた、ひとりよがりな感傷癖も嫌いだったのだとあらためてため息をついた。

「ねえヴリーラン」とナルシンはヴリーランのため息に気づかずに言った。「べつにどうにもならなくたっていいじゃない。どうにかなることばっかり、有益なことにしか人は興味を持っちゃいけないってことはないんだから。わたしが何を知りたいと思おうが、それはわたしの自由じゃない。ねえ、そうじゃない？」

「だったら答えるのも答えないのもわたしの自由ってことになるよね」とヴリーランは言った。「だいたい、愛していたかどうかっていうのは、どんなふうに答えればいいものなの？　こういう場合、『ええ、わたし、あなたを愛していたわ』って言えば、それですむ話なの？　そういうことが聞きたいの？」

「そんなに難しく考えないでよ」ナルシンは目を細めて言った。「愛していたかどうか、あなたにわかる範囲で答えてくれればいいって言ってるだけなのに」

ヴリーランはナルシンの整えられすぎた眉毛を見た。目のかたちに全然あっていないし、その見当ちがいな角度も長さも虫の不愉快な触角を思いださせるものだった。もう過ぎたこととはいえ、こんな眉毛をした女の子とふつうにキスなんかをしていたんだと思うと、なんだか信じられない思いがした。そして油断すると浮かびあがってこようとする、キスの延長にあるさまざまな記憶を打ち消すように、ヴリーランは少し強い口調で言った。

「あなたはさっきね、未練とかそういうのはないって言ったけど。でもそういうことをわたしの口から聞きたいっていうのは、そういうことでしょ。あるってことでしょ。だったらこんな話していてもしょうがないよ。わたしはもうあなたとは何でもないんだから。何でもない人と、愛とかそういうことについて話したくないんだけど」

少しの沈黙のあと、そうよね、とナルシンは肯いた。そして唇の両端にちからを入れて笑顔を作った。

「そうかも。そうよね。あなたの言うとおりよ。わたしまだあなたのこと忘れてないのかも。その証拠にいまでもずうっと、あなたの写真、見ちゃうしね」

「何の写真を?」とヴリーランは冷たい声で聞き返した。「まさか、あなたのために撮らせてあげた写真じゃないわよね?」

ナルシンは答えなかった。

「……もうお終《しま》いって話したあと、今度家に帰ったら、ぜんぶ削除するって約束したよね、ぜんぶ。それであなたは一度家に帰ったわよね。それで、ぜんぶ消したって言ったよね。あなたがひとでなしでなかったら、あなたはわたしの写真なんて、それがどんな写真であれ、もう見られないはずなんだけど」

一言一言を確認するようにヴリーランはナルシンの目をまっすぐに見て言った。ナルシンは眉を八の字にして困ったような、とぼけたような顔をして首をふった。「あなたと約束したあとにね、気が変わったの。思い出って、ほら、誰のものでもないからさ。あったことは、あったことだもの。わたしはそれに従順なだけ」

ヴリーランは黙ったまま、また湖に視線をもどした。時計を見ると、集合時間まであと20分だった。また時間をかけて山を下って一時間もすれば、いつもどおり、あの見慣れた部屋にいるのかと思うとうんざりした。森を見てもそれはもうただの緑のかたまりでしかなく、いくら見つめていても、迫ってくるものはもう何もなかった。それで、ぜんぶがどうでもいいような気になった。ヴリーランのふたつの肺のあいだには薄いつくりのコップがひとつあって、こういう気持ちになるたびに——まるで雨漏りを受けつづけるバケツのように、そこに水が溜まってゆく。水みたいに見えるそれが本当はどんな色をしたどんな液体なのか詳しいことはわからないし、いったいいつになればそれがいっぱいになってしまうのかもわからない。でも、それがあふれてしまったときにきっと自分は死んでしまうのだとヴリーランはかたく信じていた。どんなふうに死ぬのかはわからない。事故なのか、殺されるのか、自分で死ぬのかはわからない。一滴、また一滴。ヴリーランはメルヴィン寮にいるほかの女の子たち同様、死にたいわけではなかった。かといって、そこにコップが存在しているのもヴリーランのせいではなかった。もちろん、そこに水が溜まってゆくことも。

「ねえ」とヴリーランは湖を見たまま言った。

「あなたには、できないことってある？」

ナルシンはヴリーランがさっきの挑発的な自分の話にはまるで関心がないみたいな様子で、そして思いがけず柔らかい口調で話しかけてくるので少なからず驚いた。でも、こういう、どことなくぼんやりした表情をしたヴリーランがナルシンは好きだった。たとえば睡眠導入剤を飲んで眠るまでのヴリーラン。だんだん話のすじが曖昧になり、言葉はゆっくりになり、焦点がゆるんで、とても弱い感じがしてくる。窓から染み込んでくる夜のたよりない青さとヴリーランの見分けがつかなくなってくる。ベッドのうえでちからを失くして一秒ごとに色が薄くなってゆくようなヴリーランを眺めていると、ナルシンは何かとても大切なものを思いだしているような気分になれた。

「できないことって?」

「できないことよ。たとえば、わたしは人にたいして、死ね、ってことが言えない」

「面とむかって言えないってこと?」

「ううん。黙ってるときも無理。思ったりもできない」

「できないと困るの?」

「ううん。べつに困らない」

「だったら、いいじゃない」

「まあね」

「わたしは——」ナルシンは額の裏でもさぐるように目をちょっとあげて、しばらくしてから言った。「本が踏めないかな。そうだね、本が踏めない。たぶん、親が教師だったからってのもあると思うけど」

「そうなんだ」
「でも、そんなこと言ったらパンとかさ、踏めないもののほうが多いんだから、本なんて大したことじゃないのかも。ねえ、どうして急にそんな話になったの」ナルシンはヴリーランの顔を覗《のぞ》きこんだ。「……あっ、もしかして、あなたはいま言えないだけで、本当はわたしに死ねって思ってるってこと？」
「ちがう」ヴリーランは抑揚のない声で言った。「だから、そう思えないって話よ」

集合時間まであと10分という時間になり、さっきそれぞれが歩いてきた道をふたりでもどっていった。ジューンとシンディがふたりを見てひそひそと笑った。ムーアは逞しい腕の内側でこめかみの汗をぬぐい、それから両腕を何度もふりあげてシートについた草や土をばさばさと振り落していた。そしてそれを畳みおえると、大きな声で時間を知らせた。

ムーアはヴリーランと目が合ってもどこにいたのかとは聞かなかったし、一緒にいたナルシンにも何も言わなかった。フランシスはシロツメクサやそのほかの花を使っていくつも王冠を作ってそれを自分のまわりに並べていた。寮のなかで見るとそうでもないけれど、山のうえ、樹木や草原や空といった大きなものに囲まれているのを見ると、ただでさえ細く小さなフランシスは人間よりも草や枝やこちょこちょとした小さな花たちに近い生き物のように思えた。ヴリーラン、これあげる。自由時間をぜんぶ使って人数分を編んだのだと嬉しそうに言いながら、その王冠をヴリーランの頭のうえにそっとのせた。ありがとう。しばらくしてヴリーランが手にとって見ると、最初のほうに編んだものなのか、それとも花が最初から枯れていたのか、もう茶色に変色している部分があった。

月に二度ある、木曜日の午後のピクニック——往復に一時間半ほどかけてする小さな登山が終わって、来たときとおなじように、女の子たちは山道を降りていった。全員の肩にかけられたメルヴィン寮のマークの入った淡い黄色のショルダーバッグが、女の子たちの歩くリズムに合わせて腰のあたりでおなじようにゆれていた。ムーアがいちばん後ろからその歩みを見守っていた。ナルシンはヴリーランのずいぶん先を歩いていた。10分くらい進んだところで、ヴリーランは足を速めてナルシンの隣に追いついた。そして、さっきの話のつづきなんだけど、とナルシンに話しかけた。

まずひとつ。あなたは踏めないもののほうが多いって言ったけど、そんなことはない。踏めないものの数は、そんなに多くはない。

それからふたつ。あなたがわたしに求めた、愛の証明についてだけど。愛は神さまとはちがうから、それを証明することはできない。でも、あなたの言う愛っていうのが、もしも、わたしたちひとりひとりを越えた、何か大きくて完全なものをイメージしているなら、その愛はあったって言えるかもしれない。神さまとおなじようにね。完全であるってことは、無いよりも在るってことを含むから、それは在るんだってことね。でも、そんなふうに存在できる神さまと愛はちがう。それはそうよね。でも、愛そのものの概念を信じることと、神さまそのものの概念を信じることに、本当にちがいってあるのかしら。わたしにはよくわからない。それに、誰かが誰かを愛しているって言うときや思うとき、それは誰かが誰かにむけて、独自に何かを生みだしたってわけじゃないのかもしれない。すでにある何か大きなものを自分のものだって、錯覚しているだけなのかもしれない。光とか風のちょっとした加減で、そんなふうに思ってしまうだけのことなのかもしれない。だから、わたしがあなたを愛していたかどうか証明することはできないけれど、いま誰かが誰かを愛していないからといって、いま自分が誰かを愛していないからといって、そしていま自分が誰かに愛されていないからといって、それを悲しく感じる必要はないのかもしれない。淋しく思う必要は、もうないのかもしれない。だって、その大きくて完全な愛がどこかにあることと、それがいまの自分たちに関係しているかどうかってことは、まったくべつのことだから。自分たちのそばにいま愛がないからって、愛そのものが存在しないというわけじゃない、だから――。

ナルシンはヴリーランの話を聞き流しながら、自分が踏んだ石の数――正確には、無数にある石のなかで自分が踏むに値するような石らしい石を選んで、その数をかぞえていた。そして自分がさっきヴリーランにした質問のことも、もうよくわからなくなっていた。

ヴリーランは誰にも気づかれない汗をかきながら、すぐに立ち止まり途方に暮れてしまいそうになる自分の考えや言葉のはしっこをつまみながら、正しいと思える言葉たちに一生懸命に繋《つな》いでいった。それはまるで手術のようだった。まちがえてはいけない。とりかえしのつかないことになる。ヴリーランは言葉を選び、クリップで留め、縫合し、それらの繋ぎ目がよく見えるように水で血を流し、そして腋《わき》のしたや頭皮にねっとりとした汗をかきつづけた。

空は心細くなるほど青くて、限りがなかった。ムーアはいくつもの後ろ姿を目に映しながら、さまざまな弱点と問題をかかえたこの女の子たちの人生とかかわらなかった自分の人生というものを、何かもっとはっきりとした明るさに満ちた人生というものを、こんなときいつも思い浮かべようとした。けれど頭にやってくるのは、どんなに磨いてももう元の色にはもどらないひびの入ったバスタブ、二十年もぶらさがったままのカーテン、テーブルのうえの曇った灰皿、思いだしても体中がかゆくなるような夫の執拗《しつよう》なしゃべりかたとその醜さ、そしてそれらにがんじがらめになっていた日々の重さ――そんなものばかりだった。レベッカが石につまずいてよろけたのを見てムーアは駆け寄った。そしてレベッカの手をとって一歩進むごとに、思い浮かんだことと思い浮かべられなかったことの両方は、明け方にふいに訪れて誰にも記憶されない夢とおなじように、ムーアから去ってゆくのだった。自分にしかわからない話をしながら、それでも誰かとわかりあえることを夢みながら、他愛のないおしゃべりをくりかえしながら、そしていつか、何もかものすべてにすっかり終わりがやってくることを信じながら、女の子たちは彼女たちの住むメルヴィン寮へもどっていった。なんとなく二列になって。なんとなく、前をむいて。

JASRAC 出 1415258-302

ラブソングに飽《あ》きたら

加藤千恵《かとうちえ》　椰月美智子《やづきみちこ》　山内《やまうち》マリコ　あさのあつこ
LiLy　青山七恵《あおやまななえ》　吉川《よしかわ》トリコ　川上未映子《かわかみみえこ》

平成27年2月10日　初版発行
令和5年10月20日　2版発行

発行人――石原正康
編集人――高部真人
発行所――株式会社幻冬舎
〒151-0051東京都渋谷区千駄ヶ谷4-9-7
電話　03(5411)6222(営業)
　　　03(5411)6211(編集)
公式HP　https://www.gentosha.co.jp/
印刷・製本―中央精版印刷株式会社
装丁者――高橋雅之

幻冬舎文庫

ISBN978-4-344-42306-0　C0193　か-41-1

この本に関するご意見・ご感想は、下記アンケートフォームからお寄せください。
https://www.gentosha.co.jp/e/